THE NEW GATE

ザ・ニュー・ゲート

18.聖地攻略戦

風波しのぎ
Kazanami Shinogi

Illustration：晩杯あきら

目次　Contents

#「THE NEW GATE」世界の用語について

●ステータス

LV：	レベル
HP：	ヒットポイント
MP：	マジックポイント
STR：	力
VIT：	体力
DEX：	器用さ
AGI：	敏捷性
INT：	知力
LUC：	運

●距離・重さ

1セメル=1cm
1メル=1m
1ケメル=1km
1グム=1g
1ケグム=1kg

●通貨

ジュール（J）	：	500年後のゲーム世界で広く流通している通貨。
ジェイル（G）	：	ゲーム時代の通貨。ジュールの10億倍以上の価値がある。

ジュール銅貨	=	100J		
ジュール銀貨	=	ジュール銅貨100枚	=	10,000J
ジュール金貨	=	ジュール銀貨100枚	=	1,000,000J
ジュール白金貨	=	ジュール金貨100枚	=	100,000,000J

●六天のギルドハウス

一式怪工房デミエデン（通称：スタジオ）	———『黒の鍛冶師』シン担当
二式強襲艦セルシュトース（通称：シップ）	———『白の料理人』クック担当
三式駆動基地ミラルトレア（通称：ベース）	———『金の商人』レード担当
四式樹林殿パルミラック（通称：シュライン）	———『青の奇術士』カイン担当
五式惑乱園ローメヌン（通称：ガーデン）	———『赤の錬金術師』ヘカテー担当
六式天空城ラシュガム（通称：キャッスル）	———『銀の召喚士』カシミア担当

主な登場人物
Main Characters
ミルト
89歳。ハイピクシー。
ロリ巨乳が特徴の元プレイヤー。
戦闘狂として有名だった。
シュバイド・エトラック
521歳。ハイドラグニル。
ゲーム時代のシンのサポートキャラ。
竜皇国キルモントの初代国王。
シン
本編の主人公。
21歳。ハイヒューマン。
オンラインゲームで
名を馳《は》せた最強プレイヤー。
デスゲームクリア後、500年
後のゲーム世界に飛ばされる。
ユズハ
エレメントテイル。
シンに助けられたモンスター。
基本は子狐の姿だが、
人型にも変身可能。

フィルマ・トルメイア
521歳。ハイロード。
ゲーム時代のシンのサポートキャラ。
姉御肌でパーティのムードメーカー。
セティ・ルミエール
515歳。ハイピクシー。
ゲーム時代のシンのサポートキャラ。
妖精郷で精霊と暮らしていた。
ティエラ・ルーセント
157歳。エルフ。
強力な呪いの名残で髪の大部分が黒い。
故郷を追放され、シュニーに保護された。
シュニー・ライザー
521歳。ハイエルフ。
ゲーム時代のシンのサポートキャラ。
500年間シンを待ち続けた。

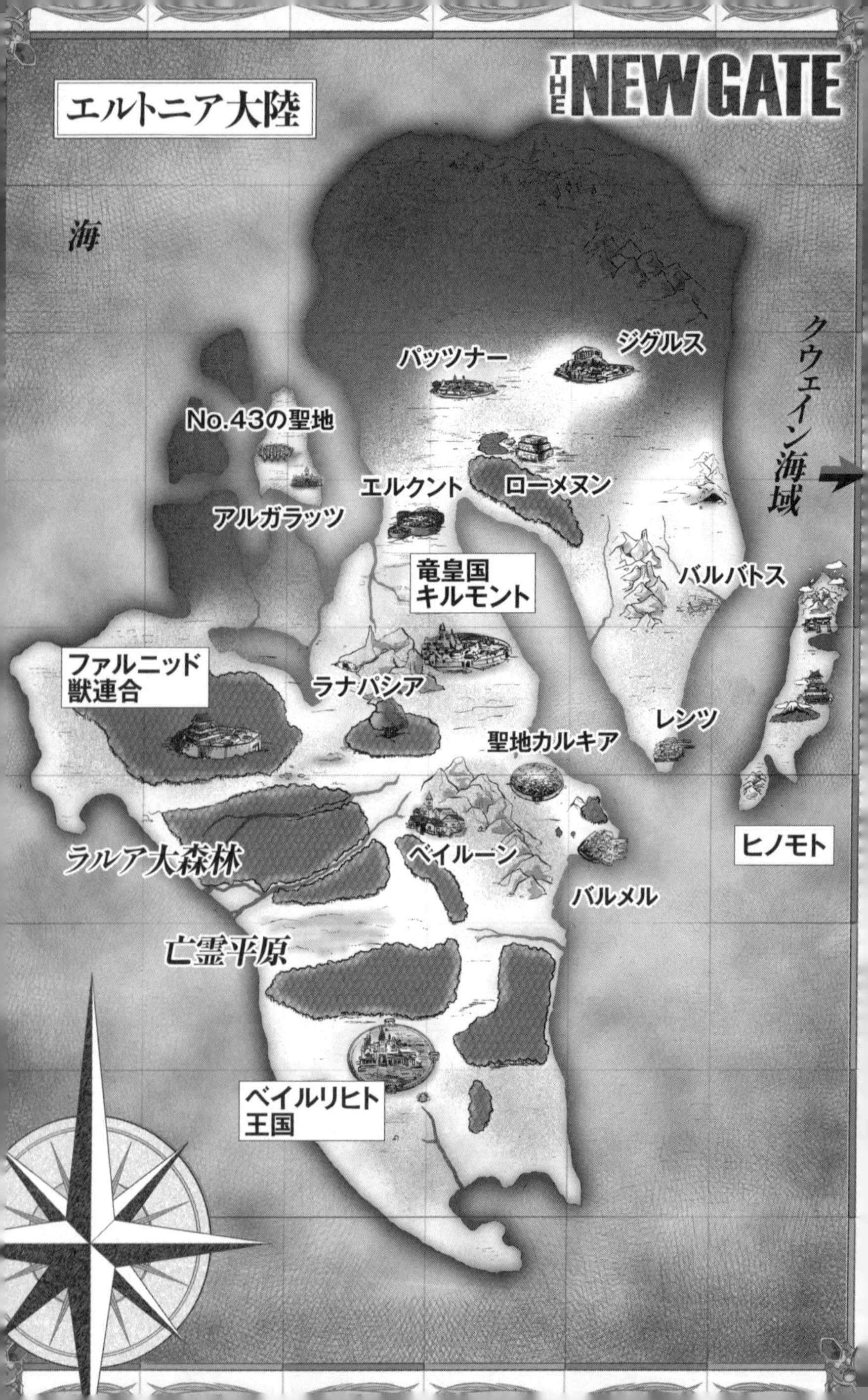
THE NEW GATE
エルトニア大陸
海
クウェイン海域
パッツナー
ジグルス
No.43の聖地
エルクント
ローメヌン
アルガラッツ
竜皇国
キルモント
バルバトス
ファルニッド
獣連合
ラナパシア
レンツ
聖地カルキア
ベイルーン
ヒノモト
ラルア大森林
バルメル
亡霊平原
ベイルリヒト
王国

Chapter 1 守護者

THE NEW GATE

竜皇国キルモントに押し寄せる、かつてない規模のモンスターの大群に対し、巨大な防壁を建設しつつ迎撃する作戦に挑んだシン一行。

シンと仲間たちの活躍により戦闘の終わりが見えたころ、中立的な動きをしていた不定形モンスターの集団が、他のモンスターを排除しながらシンの前にやって来る。

そして、群れを率いる巨大なスライム状のモンスター・ゲルゲンガーは、オールバックの白髪の老紳士へと姿を変えた――。


「お初にお目にかかります。主の命を受け、シン様をお迎えに上がりました」

「俺を迎えに来ただと？」

頭を下げる老紳士、ゲルゲンガーを油断なく視界に収めながら、シンは問う。

いくら不定形とはいえ、元の大きさと違いすぎる。

言葉を話すのはできたとしても、見た目が完全に人にしか見えない今のゲルゲンガーはシンの知識にはないものだ。警戒しないほうがおかしい。

「我が主が、シン様とぜひ話をしたいと仰《おお》せです。しかし、我が主は定められた場所より動くことのできない身。大変恐縮ではございますが、シン様にご足労《そくろう》願えないかと、こうして参上したしだいです」

「お前たちは、聖地から溢《あふ》れる魔力で生まれたと聞いてる。とくに今回は、大量発生したモンスター同士で殺し合いをしてたって話だが？」

ゲルゲンガーの言う主とやらが迎えを寄越《よこ》した。そう解釈するには、今回のモンスター大量発生は物騒すぎる。

「つきましては、まずどのような経緯で我らが生み出されたのかを、ご説明する必要がございます。少々長くなりますので、お時間をいただくことになりますがよろしいでしょうか？」

「かまわない。話してくれ」

シュバイドとセティはまだ戦闘中だが、不定形モンスターたちの援護もあって、もう危険はない。今までの動きから、何か仕掛けてくるにしても狙われるのは自分だろうと考え、シンは近くまで来ていたシュニーに姿を消した状態で待機するように指示を出した。

「まず、皆様が戦ったモンスターの系統が3種類に分かれていたのは、すでにご存知かと思います。その理由ですが、皆様が魔力の発生源としているあちらの孤島の中には、さらに3つの都市、皆様の言う聖地が存在しております。今回発生したモンスター群は、それぞれの聖地の勢力に分かれていたというわけです。私の主は、3つの聖地の内、ひとつを統括している方なのです」

「聖地が3つか」

そんな話は聞いてないぞと、シンは内心困惑していた。

シュニーやシュバイドに心話で確認するが、調査時はひとつしか確認できなかったという。

ただ、調査は大陸から近い場所を基点にして行われているので、孤島の半分も調査できていない。

残りふたつが見つかっていなくても、おかしくはないと返事があった。

「主についてですが、シンさまには『境界の守護者』といえば、おわかりいただけるかと思います」

「あれか。でも、今まであったやつらは、ほとんど問答無用でこっちを殺そうとしてきたぞ?」

とくにイシュカー、正確にはイシュカーを操っていた守護者はシュニーたちを戦場に入れないように隔離してまでシンを狙っていた。

ゲルゲンガーの言うように、話をするなどという和やかな雰囲気など一欠片《かけら》もなかったのだ。

ゲルゲンガーの主が同じ『境界の守護者』なのだとすると、やり口に違和感がありすぎる。

実際に行ってみたら実は罠で即戦闘なんてことになっても、むしろ納得してしまう確信がシンにはある。

「我が主は守護者の中では異端なのです。隣り合っているふたつの聖地から、攻撃を受けることも珍しくありません」

「どういうことだよ」

てっきり『境界の守護者』は共通して、自分を敵視しているものだとシンは思っていた。

出会ったが最後、全力で殺しにくるので会話どころではないし、情報もほとんどない。もし、何か情報が得られるならば、話を聞くのもやぶさかではないとシンは思う。

「『境界の守護者』とは、この世界そのものを守る存在。プレイヤーと呼ばれる者たちの流入もよくは思っていなかったようですが、まだ許容できるだけの要因がありました。しかし、シン様だけは別なのです。他のプレイヤーの方々と何が違うかは、すでに認識しておられるはず。異物と認識されるのは不本意でありましょうが、これはある種の本能のようなものなのです。とはいえ、行動範囲が限られるため、直接襲うことはまず不可能。本人たちからすれば、歯がゆいことでしょう。問答無用で襲ってくるのは、そのせいもあるかと思います」

ゲルゲンガーはずいぶんと饒舌《じょうぜつ》だった。変身するところを見ていなければ、人と見分けがつかない。

「今の話からすると、『守護者』は全員、行動範囲が決まってるのか？」

「私が知るかぎりでは、間違いなく。聖地にいるものは、大抵聖地から離れられません。最初に申しましたとおり、我が主がシン様の前に直接姿を見せられないのも、それが一番の理由でございます」

話に矛盾はない、ようにシンには思えた。実際に体験したことと一致する部分も多い。

ゲルゲンガーの話を信用するかどうかは一旦保留だ。

「なら『氾濫《はんらん》』……そっちでいうところの、モンスターの大量発生。あれはどうなんだ？　あれのせいでこっちはずいぶんと被害が出ている。まさか、俺を探すためのもの、なんて言わないよな？」

同士討ちしているのは確認済み。

そうでなくても、大量に放って見つけようとしたなどという言い訳を聞く気はなかった。

「誤解されないよう先に申し上げておきますと、聖地からもれる魔力によって起こるモンスターの大量発生、こちらでは『氾濫』と呼ばれているそれは、すべてを各聖地の主が意図的に起こしているわけではないということを、ご理解いただきたいのです」

「どういうことだ？」

『意図的に起こされる氾濫』と『偶発的に起こる氾濫』があるということだろうかと、シンは眉根を寄せながら先を促した。

「聖地からもれる魔力は、皆様が生きている間に、無意識のうちに周囲に放出している魔力と同じなのです。もちろん、ある程度は抑えることも可能ですが、そうすると聖地の守護に当てているモンスターの数も減ってしまうため、攻め込まれる恐れがあります。そのため、ある程度は魔力を放出していなければなりません。普段、皆様が対処なさっているのは、その魔力の一部が変化したものでありましょう」

「こちらを攻撃する意図はないとでも？」

どんな理由があるにせよ、モンスターに攻撃される側はたまったものではない。そんな意思を込めてシンがゲルゲンガーを睨むと、老紳士の姿が一瞬ぶるりと震えた。

その様は、まるで水に映った姿が波紋で揺らいでいるようだ。

「指示はしておりません。ですがどのような理由にせよ、生まれたモンスターが人や他のモンスターを襲うのは事実。ご納得いただけるものではないでしょう。だからこそ、我が主と話をしていただきたい。これは私の推測ですが、我が主の意向しだいで、防衛に当たっている方々の労力やそれに伴う費用をなくすことも不可能ではないと考えております」

「伝言役なんだろ。お前経由で話し合うってのはダメなのか？」

できるならさっさとしてもらいたい。それがシンの本音だった。

「私が話せることには制限がありますし、与えられた知識も限りがあります。皆様のように離れた相手と即座に連絡を取り合う手段もございません。大変恐縮ではありますが、残りは直接主にお尋ねください」

いろいろと話をしたが、それでもゲルゲンガーはメッセンジャーでしかないということなのだろう。

「仕方ないか。で、最初に言ってた生み出された経緯っていうのは？」

「はい。我々が出現当初周囲のモンスター同士で戦っていたのはご存知かと思います」

「ああ、だからこうして壁を作ったり罠を仕掛けてたりしたわけだしな」

シンは視線を横にずらす。

まさに死屍累々《ししるいるい》といった光景だったものも、不定形モンスターたちが自身の内部に取り込んで消化していくことで多少は綺麗になりつつある。

数体ならともかく、異常な数のモンスターの死骸《しがい》を放置するわけにもいかない。

ゲルゲンガーたちが来なければ、シンたちがアイテムボックスを駆使して回収することになっていただろう。

「あれは特別なモンスター……私のような個体ですな、それを強くするためのものです。主の直接生み出した特別な個体の周りに、ある程度魔力をまとめて適当なモンスターの集団を発生させ、効率よくレベルを上げる。それがあの大量発生したモンスターの正体です。今回の場合、私と他の特別な個体では、生まれた目的は違いますが」

パワーレベリングのようなものだろうかとシンは思う。

意図的にモンスターを発生させられるのならば、そういうことも可能だろう。プレイヤーでも似たようなことはしていた。知性を持つモンスターが同じことをしないとは言えない。

「我が主は少々事情があり、こちらの大陸に住む方々の調査を行っておりました。そして、私たちのような個体を生み出す必要のある情報を得ました」

「情報の内容を聞いても?」

「問題ありません。シン様方にも関わりの深いことですので」

関わりの深いことと言われて、シンは何があるだろうかと思案する。

ぱっと思いつくのは瘴魔《デーモン》か悪魔関連。いろいろと関わっているといえる。

それ以外となると、『境界の守護者』と呼ばれるものたちが動かなければならなくなるほどのことは思いつかなかった。

「特殊な情報というのは、世界樹のことなのです。世界樹を失ったことによる世界の自浄作用、リフォルジーラの出現が感知されました。あれはこの世界のシステムに由来するものですが、一歩間違えばこの世界を破滅させるものでもあります。それゆえ、何が起こっているのか調査することを我が主は決めました」

「え……」

予想外の内容に、シンはつい声を漏らしてしまう。

思いっきり関わっていた事柄だったことも驚きだったが、それ以上に驚いたのはその対応の遅さ。ラナパシアの園での出来事は、数日前どころの話ではない。

同じようなことを考えたのだろう。フィルマとユズハがちらりとシンを見た。とりあえず続きを聞こうと、心話で伝える。

「他の聖地の主も立場は違えど同じ考えに至り、調査することになったのですが、大々的な調査をする方法は眷族《けんぞく》を放つ以外になく、それが今回の騒動へと繋がったのです。聖地からもれる魔力によって発生したモンスターに対処している皇国と話を付けられればよかったのですが、我が主以外は人そのものにあまり関心がないのでいかんともしがたく。モンスターを放つ時期を合わせることができただけでも、僥倖《ぎょうこう》という状態なのです」

シンが声を漏らしたのが、リフォルジーラ出現の情報を聞いたからと判断したのか、ゲルゲンガーはそのまま話を続けた。

シンたちとしては、もう少しやり方があったのではと思ってしまうところだ。

「得た情報は共有するという約定《やくじょう》のもと、私を含めたモンスターは放たれました。しかし、向かった先にシン様がいたため、調査から攻撃へと命令が切り替わってしまったのです」

「世界を破滅させるリフォルジーラの調査より、俺を倒すことのほうが重要だっていうのか？」

もともとシンを見つけたら攻撃するようになっていたとゲルゲンガーは言うが、いくらなんでも優先順位が間違っているだろうといわざるを得ない。

「世界が滅ぶと申しましても、それはすべての生き物が死滅するということではありません。穢《けが》れを使い果たしたリフォルジーラは新たな命の苗床《なえどこ》となり、新しい世界が形作られていきます。調査を決めたといいましたが、それはリフォルジーラを倒す、もしくは行動を停止させるといった行為のためではないのです。どこに出現して何をしているのか、それを知るためのものでした」

リフォルジーラの出現は、世界の自浄作用。

それが起こるほどに穢れた世界ならば、滅んでもかまわないと守護者は考えているようだ。

いわば世界のリセット。

リフォルジーラによって今の世界が滅んでも、また新しい生命が生まれ、次の世界を形作っていく。それを守護者たちは容認しているらしい。

「だからこんなにのんびりしてたのか」

「はい。守護者は人の味方ではありません」

世界は守るが、その世界で生きるものにまで手は差し伸べないというスタンスのようだ。

「なのに、お前の主は俺を呼んでいると」

「はい。最初に申しましたとおり、我が主は他の守護者とは少々異なる考えを持っておりまして。シン様の存在も否定しておりません」

守護者にとって不倶戴天《ふぐたいてん》の敵のような認識をされているシンを否定しない。確かにそれは、他の守護者から攻撃される理由になるだろうとシンは思った。

「否定しない理由を聞いても？」

「申し訳ありませんが、それについては知らされておりません」

「なら、ここの防衛にかかる手間を省けるかもしれないというのは？」

「それは簡単です。我が主が他の守護者の聖地を支配下におけば、防衛のためのモンスターを発生させる魔力を放出する必要がなくなります。そうなれば当然、こちらの大陸に流れてくる魔力もなくなります。聖地からの魔力がないのならば、モンスターが大量発生することもないということです」

ゲルゲンガーの主は皇国とも交渉する気らしい。

皇国としても、防衛にかかる費用をなくすことができれば、国庫金の負担が大きく減る。それだけ周囲の開発や民衆への政策に使える費用も増える。

モンスターの影響で開発できそうな土地が使えなかったが、それにも手を付けられるだろう。皇国側に利益がありすぎるのではないかという懸念すら出そうだ。

『もし可能ならば、皇国にとってはよいことだとは思うが』

心話でゲルゲンガーからの情報を共有しているシュバイドが、考え込むように言葉を切った。

『気になることでもあるのか？』

『モンスターが発生しなくなるのならば、様々な意味で喜ばしいことではある。しかし、仮にも世界を守るという存在を倒すのは本当によいことなのか？』

シンを狙うのは許容できないし、襲ってくるなら倒すのもやむなし。しかし、守護者というからには何かからこの世界を守っている。

そんな疑問をシュバイドはシンたちに投げかけた。一定範囲から出られないのならば、近づかなければいいだけでもある。

攻撃される側のシンは守護者を倒すことにそこまで消極的ではなかったが、シュバイドの指摘で少し頭が冷える。

ゲルゲンガーはプレイヤーの流入なんてことも言っていた。

その言葉は、この世界がゲームとよく似た世界、もしくはゲームが現実になった世界と認識していたシンに、改めてこの世界は何なのか、という疑問を抱かせる。

「この世界についても、お前の主は知っているのか？」

「主が何を知り、何を知らぬのか。それは創造されたわが身にはわかりかねます。しかし、この世界に生きる『人』よりも多くのことを知っているのは間違いないでしょう」

そう言ってゲルゲンガーは小さくうなずく。

本当は知っているのではないかとシンは思ったが、表情がまったく変化しないのでそこから嘘を付いていないか探ることはできなかった。

なにせ今の顔は作り物である。感情が顔に出る、なんてこともないのだろう。

この世界のことについて、人よりもモンスターのほうがよく知っているという点については、シンも実体験から理解している。

エルフやピクシーのような長命種ですら、『栄華《えいが》の落日《らくじつ》』前から生きている者は多くない。伝承という形で残っていても、正確に伝わっていないことも多かった。

かつて実際に起こっていたことも、今では不確かな伝説になってしまっていることもある。

ヒノモトのフジにいたカグツチや、シンたちのホームのひとつラシュガムに棲《す》み着いたツァオバトなど、記憶と知識を持つモンスターのほうが世界の、いわば真理に近い存在だ。

(長く生きてるって意味じゃ、ユズハもそうなんだけどな)

そう思いながら、シンはちらりとユズハに視線を送る。

深い叡智《えいち》を有するモンスターとしても、エレメントテイルは有名だ。子狐モードの様子からは想像するのは難しいが、本来のユズハならば大抵のことは知っていそうなものである。

「……わかった。話を聞かせてもらおう。ただ、他の守護者をどうするかは話を聞いてからだ」

「ありがとうございます」

他の聖地の守護者を倒すことは、話し合いをする条件というわけではない。

シンは話を聞いて、その上で倒す必要があるというならば倒すし、必要なしと判断すれば倒さず帰るつもりだ。素直に帰らせてくれればだが。

『本当に行くのですか？　聖地は守護者の本拠地のようなものでしょうし、何か罠を仕掛けている可能性もあります』

行くと言ったシンに、即座にシュニーから心話が入った。

今までは偶然による遭遇戦のようなものだったが、今回はそうではない。交渉などという手段を使ってくる時点で、今までの守護者と違うのは明白だ。

シンたちには本当に守護者同士で敵対しているのかもわからない。

シュニーの懸念《けねん》ももっともで、もしかすると向かった先で、3体かそれ以上の守護者に襲われる可能性だってある。

『わかってる。それでも、この世界について無知でいるのはよくないと思うんだ』

そもそも、シンは理由もわからずこの世界にやってきた。

いったい何がどうなっているのか。来た当初こそ気になっていたものの、今ではそれを考えることはほとんどない。

この世界でどう過ごしていくか、目の前の問題をどう片付けるか。そういったもののほうが圧倒的に多い。

ゲルゲンガーは、シンは他のプレイヤーと違い異物と判断されていると言った。

シンが思い当たるのはゲームで死ぬことなくこちらに来たこと。もしくは最終ボス扱いだったオリジンを倒したことのどちらか。

しかし、本当にどちらかなのか、そうだとすればなぜそれが異物扱いされる要因なのかなど、わからないことばかり。

『いや、少し違うか』

もっともらしい理由を考え口にしたが、真面目に考えてふと思う。

モンスターの大群を遮《さえぎ》る壁もでき、残りを作り終えればゲルゲンガーの主が他の守護者と争ってまたモンスターがあふれようと気にする必要はなくなる。

土地はもったいないが、モンスター相手に交渉するのは本当に可能かもわからないし、交渉が必ずうまくいく保証もない。向こうが出てこられないならほうっておけばいい。

それが一番楽で、面倒のない解決法だ。守護者がなんと言おうとシンはこの世界で生きていく。

特別どこかを支配しようだとか、力を使ってわがままに生きようだとか思っているわけでもない。

普通に暮らせるのが一番なのだ。今ならば、どこかに腰を落ち着けて実力のある冒険者として生活するのも可能だ。スキルを使えば、正体を隠すことなどたやすい。

ならなぜそれをしないのか。わざわざ守護者に会いに行こうなんて思うのか。

理由は多々あれども、つまりは認めて欲しいのだとシンは思う。

この世界に対して、自分は悪意など持っていない。この世界で生きて行きたい。それを伝え、この世界で生きていていいと認めてもらいたいのだ。

「主に先触《さきぶ》れを出します。すぐに出発なさいますか？」

「話を通しておかないといけない連中がいるが、待たせて大丈夫なのか？」

向こうが来られない以上シンたちの都合に合わせるほかないのだが、あまり時間をかけて第2のヘルトロスやセルキキュスのようなモンスターが出てきても困る。

「今回のような大量のモンスターを発生させるのは守護者といえども簡単なことではありません。人の暦《こよみ》ならば、1月は余裕があります」

人の使う時間の概念もあるようだ。太陽の昇った回数や傾きなどで表されるかと思ったがそうでもないらしい。

「わかった。なら2日後の今くらいの時間に……いや待った。お前たちって時間は計れるのか？」

「日数はわかりますが、細かい時間は指定いただいても対応できるかと言われますと難しいとしか言えません。我々には皆様と同じ時間を正確に計測する能力がありませんので」

シンや元プレイヤー、サポートキャラクターならばメニュー表示の隅に時刻表示がある。

そうでなくとも、ある程度身分の高い人や裕福な人ならば時計を持っていることも珍しくない。

しかし、モンスターの身ではさすがに難しいようだ。

「なら、これを渡しておく。見方は知ってるか？」

「初めて目にします。詳しい使い方について、ご教授していただいてもよろしいでしょうか」

シンがゲルゲンガーに渡したのは、アイテムボックスの中に入っていた懐中《かいちゅう》時計だ。

ゲーム時代に作製したもので特別な能力はほとんどついていない。使い方を教えて現時刻と同じくらいに戻ってくると告げる。

「さて、まずはモンスターがどうなったかと、ゲルゲンガーの言っていた内容について軍の責任者に報告だな」

ゲルゲンガーは部下を先触れに出し、自分はその場で待機しているらしい。

シンたちはシュバイド、セティと合流後、転移で壁の近くまで移動していた。ゲルゲンガーはシンたちが転移を使えることはすでに知っていたので、隠さずに使っている。

「あの話、本当なのかな？」

「そうねぇ。ちょっと急展開すぎる気もするわね」

ゲルゲンガーとの会話中は静かだったセティとフィルマ。合流してからはシュバイドも含めて積極的に意見を交換している。

「本当に行くの？　イシュカーのときみたいに、隔離されたら実は敵だったたって場合にあたしたちじゃ手が出せないわよ？」

グリフォンは使ってこなかったが、イシュカーはシュニーをはじめとしたサポートキャラクターの移動を制限する、特殊な結界のようなものを展開していた。

それを知るセティは、罠だった場合のことを考えて話をしている。

「あれは完全に俺たちの知らない技術、というか力だ。ぶっちゃけ知ってたからって戦いになったらどうにもならない。それに、守護者が聖地から動けないって話も嘘じゃないとしても全員がそうってわけでもないだろうな。ゲルゲンガーは自分の知るかぎりとしか言ってない。例の結界というか、壁というか、とにかくあのよくわからんやつを使ってきたイシュカーなんて、出てきたのは特殊な状況だったとはいえダンジョンだ。少なくとも、守護者が聖地の外で力を行使できるのは間違いない」

イシュカーがいたのは、深海古城と海底神殿のふたつのダンジョンが重なっていた場所の奥地。イシュカー自体は守護者にのっとられていたような状態だったとはいえ、その力は間違いなく本物。ゲルゲンガーの話をすべて鵜呑《うの》みにはできない。

ただ、ゲルゲンガーは自身に与えられている情報には制限があるとはっきり口にしていた。

ゲルゲンガーの意思で言ったのか、それも伝えるように言われていたのかはわからないが、あの場で与えられた情報には穴があると気づけるようヒントをくれたようにも思える。

「向こうはこっちを敵だと思ってる。こっちが避けていても、いつか襲ってくる可能性はぬぐえない。まだ味方とは言えないけど、立ち位置の違うやつと話をするのは悪いことじゃないと思う。あとはそうだな。敵の本拠地なら、いくら本気で暴れても気にしなくていいっていうのもあるか」

初めて戦った守護者のグリフォン、海底で戦ったイシュカー。そのどちらも、方向性は違うが強かったことは間違いない。

グリフォンの異様な再生能力は、よくわからない力が働かなければいつまで倒し続ければいいかわからなかったし、イシュカーは戦闘力そのものが、グリフォンとは比べ物にならないくらい高かった。

そんな相手と戦うとなれば、周囲のことを気にする余裕はあまりないだろう。

グリフォンのときは一緒にいたのが選定者のリオンだったからこそ、ある程度戦闘に集中できたのだ。ただの一般人だったなら、行動に大きな支障が出ていた。

「もしあの壁をつかってきたら、我が助けに行こう」

4メルほどの体躯《たいく》でシンの隣を歩いていたユズハが、おもむろに言った。

真面目な話の最中なので、ユズハも本来のしゃべり方になっている。子狐モードの子供っぽさは演技かと思ったシンだが、あの状態ではあえて知能を下げているらしい。

「あの時と同じなら、私も力になれるかな？」

「何か条件があるっぽいんだよな。ユズハとティエラに共通する何かか」

それらしいものならば挙げられるが、サンプルが少なすぎて検証のしようもない。シュニーたちが壁を抜けられなかったことも、サポートキャラクターだからと安易に考えていいのかもわからないのだ。

「わからないことだらけね」

「だが、本来はそういうものだろう」

辟易《へきえき》した様子のセティに、シュバイドは落ち着いた口調で言う。

「我らはまだ世界のことを知っているほうだが、それでも知識としてはほんの一部。ましてや今まで存在も知らなかった相手のことなど、わからないのは当たり前だ。我らの知り得た情報も、元を辿《たど》れば誰かが危険を冒《おか》して得たものは多い。結局のところ、本当に得たいものを得るには危険に身をさらさぬわけにはいかんのだろうよ」

「んー、でも前みたいなことはできないんだし、もうちょっと楽でもよくない？」

「お主……」

ぶーぶーと文句を言うセティに、シュバイドは呆れ顔だ。

武人気質であり、シンがいなくなったあとも様々なものと戦ってきたシュバイドである。欲しいものは戦って勝ち取る。時には危険に飛び込むことも必要といった考えはそこまで違和感のあるものではないのだろう。

そんなシュバイドに対して、セティはそこまで戦いに積極的ではない。

戦いを忌避《きひ》するような性格ではないし、相手が明確な敵、瘴魔《デーモン》や悪魔などなら容赦なく殲滅《せんめつ》する。

ただ、自ら危険に飛び込んでいくような性格でもない。

加えて、ゲームだったころのように、死に戻りを前提とした検証はできないことを暗に言っている。

シュバイドの意見とセティの意見。方向性は違えども、どちらも正しい。

「大人しくしてれば見逃してくれるって言うなら、それでもいいっちゃいいんだけどな」

認めては欲しいが、関わらないでいてくれるなら無理に守護者同士の争いに首を突っ込もうとも思わない。しかし、そう簡単な話ではないだろうとシンは思う。

戦っていないはずのゲルゲンガーの主が自分を知っていた。守護者間で情報共有がされている可能性は高い。襲われたからという理由があれども、すでに2体の守護者を倒してしまってもいる。

静かに暮らしていれば大丈夫という保証はどこにもない。

「シンがいくと決めたなら、私もついていくだけです。次は、突破してみせます」

壁の話が出たからか、シュニーが静かに燃えていた。絶対に突破してやるという決意と気迫が、隣を歩いているシンにはビシバシ伝わってくる。

「そこについては、あたしもシュニーと同意見ね」

「うむ、何度も同じ手で対処できるなどと思わせてはおけん」

壁に手も足もでなかったのを悔しく思っていたのはフィルマやシュバイドも同じようで、シュニーに勝るとも劣らない気迫が放たれていた。

サポートキャラの面々は、ティエラも含めて空《あ》いた時間で手合わせをしているので、もしかすると自分も知らない技でも編み出しているんじゃないかと思うシンである。

「3人とも少し落ち着こう。ほら、セティは落ち着いて……ないな」

セティはとくに気迫や闘志のようなものを発してはいなかったので冷静なのかと思いきや、代わりに魔力がだだ漏れだった。

シュニーたちと種類は違うが、殺《や》る気に満ちているのは間違いない。妙に透明感のある微笑を浮かべながらも、目だけは『絶対ぶち抜く』と雄弁に語っている。

「とりあえず、皇国軍と合流するまでには抑えてくれよ？　絶対びびるぞ」

すでにティエラが額から汗を流しながら、少し涙目でをシンに助けを求めている。

シュニーたち4人が出す闘志や魔力が合わさって、常人なら近づいただけで気絶するほどの威圧感が生じていた。

†

「モンスター側から接触があった、か。にわかには信じがたい。しかし、シン殿たちが嘘を言う理由もないか」

軍と合流したシンたちは、早速総指揮官であるレイグに報告があると告げ、ゲルゲンガーからもたらされた情報を開示した。レイグもさすがに驚いたようで、次の行動を決めかねている。

「聖地のモンスターかぁ。調査隊に参加したことがあるけど、そんなモンスターは見た覚えがないなぁ」

シンが武器を強化したことでより立ち位置が上がったらしいミルトが、首をひねりながら言う。腕を組んでいるので、非常に大きなものが持ち上げられ存在感が増していた。

ミルトが調査で遭遇したモンスターは、小型もしくは中型がほとんどで、どれも既知《きち》のモンスターだったという。

「ミルトなら気づいたことがあるかと思ったけど、そう簡単な話でもないのか」

シンはグリフォンが出た聖地で起こった、引っ張られるような感覚がなかったかと心話で確認したが、それもなかったと返答が来る。

「聖地に行くんだよね？　だったら、僕も一緒に行っちゃだめかな？」

「少し確認したいこともあったから、むしろこっちから頼むつもりだった。けど、戦団のほうはいいのか？」

ミルトは元プレイヤー。もともとこの世界にいた住民とは違う。

加えて、この世界に来た経緯がシンと異なるので、可能なら、守護者がミルトにどう反応するか見たかった。

しかし危険も伴うので、あまりにもあっさり承諾されると少し拍子抜けしてしまう。

「今回の騒動の原因に関わることだからね。大丈夫大丈夫」

教会戦団が派遣された目的は、聖地からもれる魔力によって生じたモンスターからの被害を食い止めること。ゲルゲンガーの話が本当なら、皇国だけでなく援軍を出す教会や他国にとってもメリットがある。

装備とステータスの上昇でゲーム時代よりも強くなった今のミルトならば、戦力面で見ても足手まといにはならない。

「こちらからも人員を派遣したいところだが、シン殿たちについていけるほどの強さを持つ者はこの場にはおらんからな」

ゲルゲンガーの主はもしシンが協力し、他の聖地を制圧できれば皇国との交渉も可能だろうと言っているらしいので、皇国からも同行者を出したいようだ。

「状況しだいではありますが、場合によっては先ほどの『氾濫』以上の場所に突っ込むことになるので、選定者でも厳しいところですね」

向かう場所はシンにとっても未知の場所。軽々しく守ってやるとは言えない。壁を発生させるアイテムの護衛部隊やもともと前線にいた部隊の選定者などが候補に上がったが、戦闘力を聞いてそう結論を出した。

シンたちのパーティではミルトとティエラが戦闘力の面で一段落ちるが、それでも装備込みならば神獣とも戦える。

装備ならシンが提供するという手もなくはないのだが、身の丈《たけ》にあわない装備は装備者の判断を狂わせることもあるので進言はしなかった。

「すぐに交渉が可能というわけでもありませんし、まずはこちらで様子を見てきます。向こうの要求を呑むかについても、話してみないことには判断がつきませんから」

「そうだな。向こうには向こうの思惑があるだろう。我らが割って入れる話でもなし。どうするかはシン殿らの判断に任せよう」

指名されたのはシンだ。自分たちは口を出せる立場ではないとレイグは締めくくった。ただ、「大地を壁で遮るのではなく活用できれば、それに越したことはないのだがなぁ」と独り言のようにつぶやいたあたり、期待はしているようだ。

「それで、すぐ行くの?」

「一応2日後って言ってあるから、まだ時間はあるぞ。さすがに報告だけしてじゃあいってきますってわけにはいかないだろうと思ってたから」

「でも思っていた以上にさらっと任されてしまったと」

「そうなんだよ。もっとこう、誰々を同行させて欲しいとか、モンスターを信用できるのかとか、意見が出てくるもんだと思ってたんだよ」

ほとんどお任せ状態なので、これはこれでどうなんだろうと思わなくもないシンである。

「シュバイドさんは元竜王だから、皇国に不利益になるようなことをするとは思ってないんじゃない? シュニーさんも国際的な信用を得てる人だし、なんていうか大使扱いでもおかしくない、みたいな？」

「まあ、確かに今までの言動を考えればおかしくはないか。それに、さっきのついていけるやつがいないっていうのも間違いじゃないし」

「本当についていくってなったら、今の竜王様か直属の親衛隊でも連れてこないと無理だろうね」

装備も含めた個人の強さとしては、竜王が頂点にいるらしい。シュバイドとともに戦ったなんて話もあるあたり、かなりの使い手なのだろう。

「あやつならば、ついてくることは可能だろう。それくらいの強さはある。我も多くの人を見てきたが、あれほどの選定者はなかなかいない。親衛隊も隊長か副隊長ならばシンが装備を貸し出せば問題なくついてくるだろうな」

ミルトの発言に、シュバイドが補足を入れた。ヒノモトで出会った侍、藤堂貫九郎《とうどうかんくろう》ほどではないにしろ、かなり高いステータスを持った人物がいるようだ。

親衛隊といえば王城でレイグと会ったときは姿を見なかったなとシンが思っていると、それを察したシュバイドが部屋の外で警備をしていた者たちだと教えてくれた。

「なるほど、王がいる部屋の警護が一般兵なわけがないか」

レベルは高かったなとシンは部屋に入るときに見た記憶を引っ張り出す。正確な数値は覚えていないが、２００は超えていた。

「それで、結局空いた時間はどうするの？　正直やれることってほとんどないわよね？」

「一応戦いのあとだから、体を休めておいてくれ。俺は武器の整備と補充をしておく」

シンたち側に被害はないとはいえ、大量のモンスターを相手に戦っていたのだ。休息は必要だとシンは休むように言う。

レイグたちも同意見で、残りのアイテムを設置する作業には参加しないで英気を養って欲しいと言われている。

「シンは大丈夫なの？」

「ヒノモトのときみたいに武器の解析をするわけじゃないからな。負担はほとんどないから大丈夫だ。終わったら普通に休む」

かつて行った古代《エンシェント》級の武器の解析に比べれば、好きに補修や作製、改造ができる作業はほとんど苦にならない。

作業に何時間もかかるわけでもないので、無理はしていないと、シンは心配するティエラに告げた。

シンたちは壁沿いに進み、魔術スキルによる【隠蔽《ハイディング》】を使用してから『月の祠《ほこら》』を具現化した。

シンたちが『月の祠』を使うのは何の問題もない。ただ、兵士たちが働いている中、目に見えるところで休むのもどうかと思ったのである。

「で、ほんとにいいのか？　別に見てて楽しいもんでもないぞ？」

『月の祠』の鍛冶《かじ》場に向かいながら、シンはミルトに確認する。シンが作業するところが見たいとミルトが言ったのは、装備の整備や補充をするとシンが告げたときだ。

ミルトは鍛冶スキルを持っていないので、見たところで何が変わるというものでもないのだが、本人がそれでもいいと言うのでシンは同行させていた。

「いいからいいから。シンさんの作業の邪魔はしないからさ」

何が楽しいのか。ミルトはニコニコしながらシンの隣を歩いている。

『月の祠』の中なので2人ともラフな格好だ。色やサイズが違うが、着ているのはTシャツとジーンズ風のズボンである。

シンの服はカシミアの作で、見た目に反して伝説級《レジェンド》の防具並みの防御力があったりする。動きやすく、鍛冶作業をするにもなんら支障はない。

ミルトのほうは、ズボンはゲーム時のもの。Tシャツはこちらの世界で仕立てたらしい。明らかにサイズの合っていない、だぼだぼTシャツだ。襟《えり》ぐりが大きすぎて左肩だけオフショルダーのようになっている。

「それ、わざとか?」

「もちろん。サイズ自動調整機能がついてると体にぴったりのサイズになるでしょ? あれはあれで便利なんだけど、僕は少し窮屈に感じることがあるんだよね。だから、部屋着はゆったり系が多いかな。こっちじゃわざわざ部屋着に付与したりしないっていうのもあるけどね。あとこの服は違うけど、サイズ自動調整機能の落とし穴にはまらないようにあえてつけてないっていうのもあるかな」

「え、サイズ自動調整機能の落とし穴？」

急に深刻な顔になったミルトに、シンは何か見落としがあったかと不安になった。

「あれは着るたびに大きさを自動で体に合わせてくれる。つまり、体のサイズが変わっても違和感がないんだ」

「……ん？　いや、そりゃそういう機能だし」

ミルトの発言のどこが問題なのか考えたシンだったが、どこにもおかしなところはないように思えた。

「それがダメなんだよ！　いい？　サイズが変わっても違和感がないってことは、太っても気づけないってことなんだよ!?」

「落とし穴ってそういうことかい！」

つっこみを入れてから、シンはふうと息を吐く。もっと危険なことだと思っていたので、とんだ肩透かしであった。

「シンさんはわかってないなぁ。太ったことに気づけないのは女子には大問題なんだから」

「悪かったよ」

女性の体重や体形について軽々しく扱ってはいけない。ミルトの発言で母や妹からも気をつけるように言われていたことを思い出し、シンは即座に謝った。かつて弟とともにこっぴどく怒られたことがあるのだ。

「あ、でもブラにはつけて欲しいからあとでよろしく」

「待てこら。何でそんな話になる」

いきなり下着の話になったので、少し嫌な予感がしてシンはミルトから数歩距離をとった。

「こっちじゃあんまり普及してないんだよ。だからなかなか売ってないし、サイズもないし。こればっかりはほんとに困ってるんだ。服ならまだしぶしぶ付与してくれる人もいるけど、下着になると職人が怒るから」

サイズ自動調整機能は戦う者たちを助けるためのもの。そういうイメージが定着しているらしい。

ゲーム時代とはスキルに対する意識が違うのはシンもわかっていた。しかし、職人が怒り出すほどとは思っていなかった。

「ある程度生産系スキルを育てないと習得できないからかね」

「たぶんね。覚えられた人って、その道じゃ名の知れた人が多いから」

それができることが、職人の誇りのようなものになっているのかもしれない。

「おかげでこっちは一苦労だよ。戦うときははずしてるくらいだもん。今もだけど」

「それに関してはぶっちゃけよくわからないんだが、大丈夫なのか？」

発言の後半部分に無視してはいけないような一言が混じっていたが、シンは言及を避けた。

「装備はぴったりのサイズだからきつくないし、激しく動くことを前提にしてるから普通の服みたいに大きく揺れないようになってるんだよ」

防具が破損したらしゃれにならないだろと思うシンである。防具の性能的に、破損するような攻撃を受けるとミルトもただではすまないのだが。

「そういうわけだから、下着一式、何卒《なにとぞ》お願いします。ちょっとぐらいなら見てもいいからさぁ」

そう言ってむき出しだった左肩にシャツを引っ掛けると、少し前かがみになりながら首元の襟を引っ張った。

首周りに余裕がありすぎて肩が出ていたほどだ。両肩が隠れるようにシャツを着て引っ張れば、深い谷間が丸見えである。

「やると思ったよ」

ミルトの最近の言動もあって、シャツをいじりだした時点で予想できた。シンの視線はミルトが襟を引っ張る寸前に天井へ移している。

「読まれてた！　でもその体勢でこれはかわせまい！」

「こら引っ付くな！　押し付けるな！　挟むな！　わかった、やるから離せ！」

腕にしがみつくミルトを引き剥がそうと肩を押すが、がっちりとホールドしたミルトは離れない。力ずくで引き剥がせなくもないが、この世界での力ずくは冗談ではすまない場合があるので少し躊躇《ちゅうちょ》してしまう。

「ふっふっふ、シンさんが大きな胸が好きなのはわかってるんだよ？」

「なぜそれを⁉」

「サポートキャラクターを見れば、その辺の好みってばればれだよね」

外見は好きにできるので、自分の好みを追求するのは珍しくない。結果、理想の女性像や男性像ができる。つまり、作り手の異性の好みがわかるのだとミルトは語った。

「いや、それを言ったらセティはどうなる」

「カモフラージュですね、わかります」

「く、言わなくてもわかるよって顔がむかつく」

ニヨニヨとでも効果音のつきそうな笑みを浮かべながら、ミルトがうなずく。

そんなやりとりをしながら2人は鍛冶場に向かって歩く。

まるでゲームだったころのような言葉の応酬。この瞬間だけあのころに戻ったような懐かしさを、シンは感じた。

そんな中、鍛冶場に近づくにつれて、ミルトの口数が少なくなっていくのにシンは気づく。

鍛冶場の前まで来るころには、ぎゅっとしがみついていたのが嘘のように、そっと寄り添うだけになっていた。

シンの腕を抱く力は弱く、振りほどこうと思えば簡単にできるだろう。

鍛冶場の中でも騒ぐようなら本当に力ずくで引き剥がすつもりだったシンは、そんな様子に違和感を覚えて鍛冶場の扉に向けていた視線をミルトに移した。

その顔を見て、はっとする。

「……なあ、ミルト。お前、大丈夫か？」

「え？　急にどうしたのさ」

シンの言葉に、ミルトは何を言っているのかわからないという反応をする。

本当にわかっていないのだろう。シンは無言でアイテムボックスからハンカチを取り出し、ミルトの頬に当てる。

「あの、シンさん？」

「自分じゃわかってないみたいだから言う。お前、泣いてるぞ」

ぽかんとした表情を浮かべるミルトの目からは、涙が溢《あふ》れていた。頬を伝って床に落ちるそれを、シンは優しくハンカチでぬぐう。

「え、うそ……あ、あはは、おかしいな……なんで、なんで……」

本人が自覚してからも、涙は止まらなかった。他の誰かに見られたくはないだろうと、シンはミルトの背を押して鍛冶場に入る。

扉を閉めて振り返ると、軽い衝撃があった。抱きついているのはミルトだ。その肩はまだ震えている。

「ごめん、ちょっとだけでいいから」

声も少し震えていた。突然のことに、シンもどう対処すればいいのかわからない。

10分ほどそうしていると、落ち着いてきたのかミルトがゆっくりとシンから離れた。

動揺と気恥ずかしさからか、ミルトの顔は真っ赤だ。シンは鍛冶場の奥にあった椅子を引っ張り出し、座るよう促す。

「落ち着いたか？」

「ええと、その、なんかごめんね。突然泣き出しちゃって」

「ちょっと驚いたけど、謝る必要はない。ここに来る途中から少し様子が変だとは思ってたけどな」

「あー……、うん。そう、だね」

事情を聞いていいものか、シンは判断に迷う。ゲーム時代からの知り合いとはいえ、ミルトのことは、詳しくは知らないのだ。

馬鹿な話で盛り上がったり、別のゲームやら漫画やらの話題で語り合うことはあっても、リアルの話はほとんどしなかった。

今ではその理由もわかるし理解できるが、それでも突然泣き出す理由には見当がつかない。

「なんかさ、思い出しちゃったんだ」

しばらく黙っていたミルトが、ぽつりと言った。

「何を思い出したんだ？」

「まだ僕たちが、【THE《ザ》 NEW《ニュー》 GATE《ゲート》】をゲームとして楽しんでたころのこと」

デスゲームになる前の、ただのVRMMO‐RPGだったころのことを思い出した、とミルトは言った。シンと同じ思いを、ミルトも感じていたようだ。

「こっちにきてからさ。結構いろんなところを旅したんだ。シンさんに助けられて神殿に奉仕することになってからも、あちこち飛び回ったよ」

ぽつぽつと話すミルトに、シンは相槌を打つにとどめる。話の流れを止めてはいけない気がした。

「元プレイヤーって人にも会ったけど、名前を知ってることはあっても、僕自身を知ってる人はいなかった。知り合いもね。いや、もちろんいないほうがいいんだけど」

【THE NEW GATE】のプレイ人口は数万単位だと言われていた。デスゲームに巻き込まれたのがどのくらいなのかは不明だ。

ゲームでのフレンドが100人を超えていようと、ゲーム全体から見ればほんの一握り。こちらの世界で再会できる確率となれば、いったいどれほど低いかわからない。

再会して夫婦になっているシャドゥとホーリーや、その近くで店をやっているひびねこなどはちょっとした奇跡といっていい。

「前にも言ったけどさ。シンさんほどじゃないけど、僕もこの世界じゃ強い部類に入る。その関係でいろんな話が来るし、それなりの人付き合いもあるよ。でもさ、こういう話ができる人って、いないんだ」

強さに対する尊敬もあれば、力に対する畏怖《いふ》もある。上位種族というのもあってか、同じピクシーにすら距離をとられることもあるという。

「あの時シンさんに頼んだのは間違いだと思ってないし、こっちでこうして生きていられるのも幸運なことだと思ってる。でも、いや、だからかな。時々ふっと思い出すんだ。ただの1プレイヤーとしてゲームを楽しんでたころのことを」

病院のベッドから出られない自分を誰も哀れまない。普通の人として会話し、笑い合える。

あの場所では誰もが平等だった。

心配してくれる家族がいても消えることのない孤独感を忘れられた、とミルトは語った。

「あのときみたいに身分とか立場とか種族とか、そういうのを全部放り出して馬鹿みたいな話ができる人が欲しかった。元プレイヤーならそれができるんじゃないかと思ったけど、なかなかうまくいかなくて。もう仕方ないかなとも思ってたんだ。ここが元の世界とは違うのは、はじめからわかってたことだし」

割り切った。自分ではそう思っていた。

しかしシンと話していて、それを思い出してしまった。

「楽しいなって思った。あのころみたいだって思った。そう思っていたら、言葉が出なくなっちゃった」

「……そうか」

自分を色眼鏡で見ない誰かを欲する気持ち。それはシンも理解できた。

シンもまたこの世界では特別な存在だ。本来なら、ミルトと同じような立場になっていてもおかしくない。

そうなっていないのは、シュニーをはじめとしてシンのことを必要以上に特別視しない相手に出会い、また再会することができたから。

そうでなければ、きっと自分も同じことを考えていただろうとシンは思った。

「本当に辛くなったら、いつでも呼べよ。愚痴《ぐち》くらいなら聞くぞ」

「えー、そこは俺が一緒にいてやるよって言うところじゃない？」

少し不満げにミルトは言う。ただし、本気でないのは雰囲気でわかった。思い切り泣いて、冗談を言えるくらいには回復したようだ。

「そんなきざな台詞《せりふ》が俺の口から出るとでも？」

「ちょっとは期待させてくれてもいいじゃんかー」

空気を読んであえて茶化《ちゃか》して応《こた》えるシンに、ぶーぶーと文句を言うミルト。そこにはもう、暗い気配はない。

「これはやっぱり、シュニーさんを説得するしかないか。いや、むしろシンさんがそばにいろって言ったというのはどうだろう？　僕、口説《くど》かれちゃいました的な」

「それはしゃれになってないから、マジでやめろ」

恐ろしく冷たい笑顔が返ってくるのが容易に想像できて、シンは背筋を震わせながらミルトを止める。

「いやあ、シンさんをからかうのは楽しいなぁ」

「まったくこいつは。――あんまり溜め込むなよ。さっきも言ったけど、本当にきつかったら連絡してこい」

「……うん。ありがとう」

控えめに笑うミルトに、どうにかできないかとシンは思う。

これが生産職ならまた違ったのだが、戦闘職となるとこの世界ではどうしてもミルトが言ったような反応が返ってきがちだ。

生産職なら違うとシンが思ったのは、エルクントで出会ったヴァルガンのように技術談義に花を咲かせるなんてことがあるからだ。

貴重な技術は秘匿《ひとく》するのが普通ではあるとヴァルガンは言っていたが、それでも同じ分野を修めるもの同士、気が合うのである。

戦闘職も互いに力比べをして認め合うなんてことがありそうなものだが、ミルトはこちらでいう上級選定者クラス。なかなかそうはいかないようだ。

「にしても、気兼ねなく話せる相手か。ミルトの知り合いって、たとえばどんなやつがいるんだ？伝手《つて》があるから、探してもらうのもありだと思うぞ」

「親しいフレンドっていっても、心を許せるっていうのかな、そういうほんとに何でも話してたのってマリちゃんくらいだし。シンさんも僕のリアルのことは知ってるでしょ？」

「あー……それは無理だな」

マリノはもういない。さすがに死人を呼び出すのは不可能だ。

シンとてミルトがリアルでは病院でほとんど寝たきり生活だったのを知ったのは、デスゲームが始まってから。ただのゲームだったころに、そんな踏み込んだ話はなかなかしないだろう。

「そうでなくても、ほら、僕けっこう人見知りだし」

「どの口が言うか」

そんなことないだろとシンはミルトを小突《こづ》く。

「シンさんのおかげでだいぶすっきりしたし、しばらく大丈夫だよ。それに、この話題を口実に距離を詰めていく予定なので」

「ぜんぜん安心できない発言ありがとよ」

「あいた！」

まだ言うかと、シンはミルトに強めのでこぴんを食らわせる。大げさに痛がるミルトだが、そんなやりとりも嬉しそうだった。

「さてと、元気も分けてもらったし、そろそろシンさんも自分の作業に戻ってよ」

「なんだ。もういいのか？」

夕食までまだかなり時間がある。ミルトが泣き出してしまった件は別として、気兼ねないやり取りはいい気分転換になるので気にする必要はないとシンは伝える。

「シンさんがそう言ってくれるのは嬉しいけど、まったく作業が進んでないのは僕が気兼ねしちゃうっていうかさ」

「なら、さっさと済ますかね」

シンはミルトに、作業を見るにしてもあまり近づかないようにと注意して、アイテムカードを取り出す。

シュニーたちの装備だ。万全を期すために具現化して細部までチェックしていく。

「武器や鎧はなんとなくわかるけど、シュニーさんのメイド服もわかるんだ」

「鍛冶とは分野が違うんだけどな。装備を作る関係上、布とかモンスターの素材そのものを加工することは珍しくないから、そっちも習得したんだよ。いろいろ組み合わせるのは面白いぞ」

と言いつつも、一番面白いのはやっぱり鍛冶なんだよなと思うシンである。

「消耗はほぼなし。気持ち程度の補修をして終わりっと」

防具はほぼ無傷で、メンテナンスらしいメンテナンスはほとんどなかった。

モンスターの外皮や牙などと接触する武器も消耗度合いはさほど変わらず、1時間程度でシンのパーティ分はほぼ終了した。

「あとはミルトの装備だな。ほれ、ちゃっちゃと出す」

「バージョンアップしたばかりだし、消耗してるかな?」

「ダイルオビオンとやり合ってるからな。切れ味は……少し落ちてるな」

シンはミルトから『オルドガンド』と『流艶華装《りゅうえんかそう》』を受け取り、状態を見ながら言う。

切れ味が落ちていると言ったが、気にしなくてもいいレベルの些細《ささい》なもの。補修など数秒で終わる。

『流艶華装』は金属の部分はすぐだが、布の部分は少し気をつけて検分する。ジョブか、はたまた技術的な何かが影響しているのか、金属よりも多少時間がかかるのだ。

「こうしてみると、なんだかシンさんに体を隅々《すみずみ》まで見られてるみたいでけっこう恥ずかしいね」

「変な言い方をするなよ……」

自分の体を抱くようにしながら顔を赤くするミルトに顔をしかめながら返しつつ、シュニーも恥ずかしがっていたことを思い出す。

「やっぱり気になるもんか？」

「鎧ならともかく、僕やシュニーさんのは服って意識があるからね。サイズ自動調整機能がついてるから、いろいろとサイズがわかっちゃうのは気になるよ。お腹周りとか二の腕とかとくにね」

胸のサイズなどよりよっぽど気になるとミルトは言う。

男とは気にするところが違うらしい。とはいえ、見ないことにはメンテナンスもできないので我慢してもらう。

「よし、終わりだ。あとはサブウェポンだな。この際だからあれもバージョンアップしておこう」

もともとミルトは『ミーバル』という短剣をサブウェポンとして携帯している。あまり使われていないこともあり、前回の装備更新の際はシンもすっかり忘れていたのだ。

ものの数分で古代級《エンシェント》下位の武器『マークスタ』へと姿を変えた短剣を見て、ミルトは呆れ混じりに笑った。

「こっちの世界の鍛冶師が見たらあごが外れるくらい驚くだろうね」

「いろいろ制限があるからな。さて、作業はこれで終わりだ。さっさと休んで明日に備えるぞ」

手早く道具を片付け、ミルトの背を押して鍛冶場を出る。これからしばらくゆっくりはできないだろうとわかっているので、しっかり休むつもりだった。

「あ、忘れるところだった。下着に自動調整機能よろしく」

「へいへい」

すっかり忘れていたそれを思い出し、シンはささっと付与する。

「これでやっと窮屈《きゅうくつ》さから解放されるよ」

「こっちじゃ、あまり普及してないんだったか。女性ものの下着って需要ないのか?」

かつてシュニーの下着を選ばされるという予想外の事態に陥ったことがあるシンとしては、ミルトの話に少し納得できない部分があった。

「あるところにはあるって感じ。大きな街ならなくはないかな。でも、リアルに近いものってなるとほんとに一握りだよ。これだって、頑張って探したんだ。でもデザインがさぁ。もうちょっと可愛くできると思わない？」

ミルトはブラジャーをカード化したそれを見せ付けるようにシンに向けてくる。しかし、シンにブラジャーのデザインの良し悪しなどわからない。

これは口を出さないほうがいいと悟り、曖昧《あいまい》に返事をするにとどめる。

「……シンさん。布が扱えるなら」

「作らんぞ」

ふと考え込むように頬に手を当てたミルトが最後まで言う前に、シンは断った。ミルトなら絶対考えるだろうと思っていたのだ。

「えー、いいじゃんかよー。試着したところ見せてあげるからさぁ」

「絶対に断る！」

既製品にサイズ自動調整機能を付与するだけならともかく、本体の作製までする気はシンにはなかった。

「とにかく、付与ならしてやるし、材料も少しくらいなら分けてやるから作るのは別のやつに頼め」

「ちぇー」

これもまた気心が知れているからこその軽口なのだろう。シンはそう思うことにしてミルトを客室に押し込んだ。

†

翌日。朝食を終えたシンたちは、装備やアイテムの確認を済ませてから転移でゲルゲンガーの待つ場所へ跳んだ。

「時間にはまだ早いようですが、何かございましたか？」

「いや、こっちの準備が思ったより早く終わったんだ。問題がないなら、すぐに移動を始めてもらいたい」

「承知しました。こちらは万事整えてございます。早速移動しましょう」

戦闘後の後始末は任せてくれていいと言っていた通り、散乱していたモンスターの死骸は綺麗さっぱりなくなっていた。数に物を言わせて、すべて呑み込んでしまったのだろう。

ゲルゲンガーはその場で変身を解くと、元の不定形状態に戻る。そこからさらに変化し、2対の翼をもつドラゴンのような形になった。

周りにいる不定形モンスターたちも数体、場合によっては数十体規模で合体し、ゲルゲンガーと同じように翼を持つ生き物の形をとる。その姿は鳥のようだったり、虫のようだったりと様々だ。

「お乗りください」

形状を見てシンもなんとなく察していたが、ゲルゲンガー自身が乗り物になるらしい。発声器官は見当たらないが、乗れというので大人しく乗ることにした。

大きさが大きさなのでジャンプして乗るしかないかとシンが考えていると、胴体の一部がへこみ、階段になった。便利なもんだと思いながら上る。

『形が決まってないっていうのも、こうなると便利だね』

『大きさまで変えられるみたいだしな』

同じことを考えていたようで、形が変わる様を見ていたミルトにシンもうなずく。不定形モンスター、スライムと一般に呼称されるモンスターは丸い水風船のような形状がデフォルトで、戦闘中に形が変わることもあったがここまでの自由度はなかった。

「空をいきますので、椅子におかけください。落ちないよう体を固定いたします」

旅客機の一部を切り取ってきたかのようにゲルゲンガーの背は人が歩きやすいように平たくなり、さらに椅子のように変化までしていた。

体を固定されるのは少し不安があったが、もし攻撃してきても防具を貫くことはできないし、引きちぎることはたやすい。シンたちはうなずきあい、大人しく座ることにした。

「では、出発いたします」

ゲルゲンガーが大きく羽ばたく。魔術か何かで補助をしているのだろう。一度の羽ばたきで目に見えて高度が上がる。

数回の羽ばたきで十分な高度をとると、今度は体を押し出すように前へと羽ばたく。一度加速したゲルゲンガーはそれ以降羽ばたくことなく空を飛び続けた。

生き物の飛び方としては、ファンタジーでなければありえないやり方だ。

他のモンスターたちも同じような飛び方をしている。出せる速度は体の大きさに比例しているようで、大きいものほど速い。

ついてこられないものたちは同じくらいの個体が集団を作り、ゲルゲンガーの進路をなぞるように飛んでいる。

これならば皇国が長年にわたって準備し設置した壁も越えられるだろうとシンは思った。

空から襲来する高レベルモンスターというのは、十分な迎撃設備や人員がいないと被害が大きくなるのは経験上よく知っている。

ゲルゲンガーたちは単純に速く移動するためにこういう方法を取ったのかもしれないが、シンからすると、交渉に応じたほうがいいかもしれないと思わせる要因のひとつとなっていた。

『ティエラとミルトは寒くないか？』

高度は高く、風は冷たい。シンたちはなんともないが、２人はシンたちほど耐寒能力が高くない。

ゲルゲンガーの飛行能力はシンが借り受けたワイバーンよりも高かったが、移動時間が極端に短くなると言うほどでもない。

しばらくは空の上だ。装備によって吹き付ける風はある程度防げているが、完全ではない。冷気もまた然りで、寒いようなら何か羽織《はお》るものを渡すつもりだった。

『前に借りてたのがあるから、私は大丈夫よ』

何か貸していただろうかとシンが振り向くと、ティエラは毛皮のついたローブを羽織っていた。それを見て、そういえば以前渡したままだったなと思い出す。

『僕も大丈夫だよ！』

ミルトは自前のコートを着ていた。ゲーム時代は寒冷エリアでの活動も珍しくなかったので、ミルトくらいのプレイヤーならばこの手の装備はほとんどそろっている。

『それにしても、ちょっとこれ万能すぎない？　ゲルゲンガーって防御重視のモンスターで、こんな変身能力もってなかったよね？』

地面に降りれば複数の足を作って高速で駆け、空に上がればワイバーンもかくやという速度で飛ぶ。

ミルトでなくとも、ゲーム時代のゲルゲンガーを知っていれば当然の疑問だろう。シンもそうである。

『そうは言っても、人に変化した時点で普通じゃないからな。特殊個体なのは間違いないし、モンスター同士の戦いでも他のやつを倒してレベルを上げられるだけの戦闘力があるのも間違いない』

カゲロウもそうだが、特殊個体というのはかなりのレアモンスターであり、シンたちでもすべての情報を網羅《もうら》しているわけではない。

元のモンスターは知っているが特殊個体の能力は知らないなんてことも珍しくなく、イヴルと名のつくゲルゲンガーはシンにとっても未知の相手だ。

『そう考えると、こうやって座ってるのもちょっと怖いわね』

今のシンたちは風で吹き飛ばないようにシートベルトのように簡単にではあるが体を固定されている。

座っている椅子もゲルゲンガーの体が変化したものなので、この状態でも攻撃は可能だ。椅子の背から突然針状の触手が飛び出してきても、なんら不思議はない。

身動きが取れないというわけではないが、動きに支障が出るくらいには固定されている。

ティエラの言うように、やろうと思えばかなり有利に攻撃できる。もしもを考えると、あまりいい気分ではないだろう。

『普通なら、このまま反転して空に放り出すだけでアウトよね』

『それは本当に怖いです！』

フィルマの発言に、眼下に流れるようにすぎていく景色を見てティエラが身をすくませる。

ちょっとした飛行機並みの速度があるので、そのまま放り出されるだけで大抵の人は墜落死するだろう。パラシュートもなく身ひとつで大空に投げ出されれば、普通は為《な》す術《すべ》がない。

『俺たちには効果がないだろ。それに、わざわざ迎えに来てる状況でやる意味もない』

シンたちは魔術やアイテムで安全に着地する能力を持っている。

ティエラも『弓姫』シリーズの浮遊盾を足場にすれば、落下速度を緩めて着地することは可能だ。

『そうなんだけどね。ティエラちゃんの反応が面白くて』

『うう、やめてくださいよ……』

この世界では空を飛ぶという体験をする機会はほとんどない。そして、空に放り出されるという体験をすることはさらに少ない。というよりも、そうなったらほぼ死ぬ。

わずか数回とはいえ、エルダードラゴンやツァオバトなど飛行できる生き物に乗る機会があったティエラは、落ちたらどうなるかが想像できてしまうようだ。

『空中に放り出される感覚は高い建物や崖から飛び降りるのとは感じる恐怖も違うだろう。慣れてしまえばそうでもないのだがな』

『いえ、その、慣れたくないんですけど』

スカイダイビングのようなスポーツは存在しない世界だ。シュバイドの発言にティエラがそう言ってしまうのも仕方のないことだった。

『実際にそうなったときはシンがどうにかするだろう。【飛影】の回数制限がなくなったと聞いている。あれならば、ティエラ殿を抱えていても安全に着地できるだろう』

ラナパシアの里でなぜか可能になった、空中に擬似的な足場を作って飛び回るスキル【飛影】の変化について、すでにこの場にいるメンバーには伝えてあった。

シュバイドの言うとおり、空中での機動力が格段に増しているのでティエラを抱えてゆっくり着地することも可能だ。

『あれって結局どういうことなのかしらね？　使ってても違和感はないんでしょ？』

『そうだな。感覚的なことだから言葉にするのは難しいけど、普通にスキルを使ってるのと使用感は変わらない。なんていうか、漠然とできるのがわかるって感じか』

シンの感じるスキルを使う感覚はゲーム時代と変わらない。スキルを使うことを強く意識するだけだ。

武芸スキルなら自然と体が動くし、魔術スキルならターゲットにしている相手の周りがわずかに光るエフェクトが表示される。

ゲームを始めたばかりのプレイヤーには、スキルを使うという感覚に慣れるために、詠唱段階で視界に『スキル～を準備中です』といった表示がされる機能もあった。

ちなみにシンは視覚に作用する機能は大部分をオフにしている。

スキルそのもののエフェクトはオフにはできないが、初心者用の視覚表示をはじめ、プレイヤーを補助する視覚的な機能はほとんど表示されない。

稀にだが補助機能のせいで敵の動きを読み違えることがあったので、それもあって補助機能は使わないと決めている。

補助機能をオフにしていたのはシンをはじめとした一部だけということはなく、レベルの高いプレイヤーはほとんどが同じことをしていた。

『可能ならば、私も習得したかったのですが』

『なんとなくできる、じゃ真似のしようがないのよね』

ローメヌンで過ごしている際に、シュニーをはじめとした近接戦闘をするメンバーはシンと同じことができないか試している。

そしてやはりと言うべきか、スキルの枠を超えた動きをすることはできなかった。2回のジャンプを3回にすることもできなかったのだ。

こちらの世界はゲーム時代よりもスキルの自由度が上がっている。ゲーム時代には無理だったことも可能になった、なんてこともある。

しかし、シンのように延々と空中を跳び回ることは、今のところ誰にも真似できない。

『やっぱり、世界樹の加護的なものをもらったとかかな？』

『称号はとくに増えてないんだけどな。でも、できる様になったタイミングを考えると、それくらいしか思い当たる節《ふし》がない』

ミルトの指摘に、シンは頭をひねりながら答える。世界樹の危機に新たな力に目覚める。そんな都合のいいことが起こるだろうか。

『あの時はとにかく急がないとって思ってたんだ。あれは……そうだな。新しくスキルを覚えたときの感覚に近いかもしれない』

ゲーム時は新しいスキルを覚えると、視界の端に『～を習得しました』というメッセージが表示される。スキルによっては専用のエフェクトが出たりもする。

そしてその際に、プレイヤー側には言葉にするのが難しい『なんだかできる気がする』という感覚が生じることがあった。

これには個人差があり、まったく感じない人、たまに感じる人、ほとんどの場合で感じる人など様々。シンはたまに感じるタイプで、初めて感じたときに「ああ、これは説明が難しい」と言葉に詰まっていた人たちの伝えたかったことを理解した。

それゆえに、今回もどう伝えればいいのか迷った。こればかりは、わかる人にしかわからないのだ。

『スキルを覚えたときの感覚、ですか』

『シュニーはないか？　こう、はっきりこれだとは説明できないあやふやな、だけど間違いなく感じたっていう……く、うまく説明できない』

考え込む様子からシュニーは感じたことのないタイプなのだろうと察せられる。

シンはシュニーに自分なりの感覚をどうにか伝えようとするが、やはり曖昧な表現にしかならなかった。

『それってあれだよね。わかる人にしかわからないってやつ』

『そうなんだよ。一度でも感じたことがあるなら、一発でわかってもらえるんだが』

ミルトはよく感じるタイプらしく、シンのつたない説明でもすぐに納得してくれた。説明できないことにも理解を示してくれる。

『フィル姉とシュバイドはどう？　あたしはたぶんあれかなって思うのがあるけど』

『あたしはちょっとわからないわね。シンがいなくなってから新しいスキルを覚えることはなかったし、いたときもそういう感覚はなかったと思うわ』

『我はわかるほうだな。私見だが、直感のような理論を伴《ともな》わぬスキルを使ったときの感覚に近いように思う』

サポートキャラ内でも意見が分かれた。シュバイドの意見に、シンは確かに近いとうなずく。

言われてみると、使用感が近い。こちらも漫画のワンシーンのごとく、「くる！」と動き始めや攻撃のタイミングがわかったりするのだ。

『ティエラはどうだ？　【分析《アナライズ》】以外にもスキルを覚えてたと思うけど』

最もスキルを覚える機会に恵まれているだろうティエラにも話を振る。

『そうね。たぶん私もわかると思う。秘伝書を使ったときは使い方が頭に流れ込んでくる感じだったけど、他のは確かにできるようになったっていうのが自然と理解できたわ』

ティエラもよく感じるタイプのようで、唐突にやってくる感覚は慣れないと変な気分になると続けた。

『むしろ、今までなんでできなかったんだろうって感じることもあるの。短剣を使って放つ【スラッシュ】ってあるじゃない？　動きは単純だし、スキルを覚えるまでも同じような動きはしていたはずなのに、習得するまではそれができるとは思わなかった。動きが単純なものほど、それが不思議に感じるわ』

『確かに、言われてみるとおかしな感覚かもしれないな』

ティエラの言うそれは、ゲーム的に表現するならば熟練度が足りなかっただけとなる。

武芸スキルは特定の行動を繰り返すことで熟練度がたまり、それが一定値に達すると習得できるというスキルが多く存在する。

普通にゲームをプレイしているだけでもそれなりに熟練度がたまるので、初期のスキルは簡単に習得できた。

ゲームではお馴染みの光景であり設定なのだが、ティエラたちからするとできるようになった今とできなかったころの違いがわからず不思議に感じるのだろう。

『ん？　降りるみたいだな』

話をしている間に、高度が下がっていることに気づく。まだ大陸の端といったところだ。

「どうかしたのか？」

「ここより先は海をゆくことになります。このまま聖地に向かって飛ぶと、ラ・ムォーンに攻撃されてしまいますので」

ゲルゲンガーによると、ラ・ムォーンは一定以上の大きさを持つ飛翔体《ひしょうたい》を、的確に撃墜するらしい。ゲーム時代も海水を操って津波を起こしたり、水の槍を雨のように降らせたりしていたのでできること自体は不思議ではない。

「こっちから飛んでいかないのはそういうことか。それって向こうからもなのか？」

「はい。ですので、聖地やその周辺に存在する飛行能力を持つモンスターがこちらの大陸に渡ったことはないはずです」

聖地の近くともなるとレベル５００超えのモンスターがうようよしているらしく、それらが一斉に海を越えていたら大陸側もどうなっていたかわからない。

魔力から生まれるモンスターは最初から強いということは稀らしく、それも大陸側がモンスターの侵攻を防ぎ続けられた要因なのだろう。

「海からだと攻撃されないのか？」

「この程度の人数であれば、襲われません。もともと好戦的なモンスターではありませんから。ただ、ラ・ムォーンなりの基準があるようで、攻撃されることもあるようです」

与えられた知識によればですがと前置きして、ゲルゲンガーは言う。こうして聞くと、ラ・ムォーンは聖地から高レベルモンスターが流入するのを防いでくれているように思えた。

「シュニーたちは何度か調査に行ってるんだよな？　そのときは襲われなかったのか？」

「こちらを見ていることはありましたが、襲ってくることはなかったですね」

「我のほうも、襲われたという話は聞いたことがないな」

皇国の調査隊も、ラ・ムォーンに襲われたという事例はないらしい。

移動手段の問題で、送り込まれる調査隊の人数がさほど多くなかったのが要因ではないか、とシュバイドは言った。

「準備いたしますので少々お待ちください」

シンたちを降ろしたゲルゲンガーは球体に戻る。そして、今度は船の形になった。

シンプルなボートに近い形状だ。ただ、船底から丸太のような突起が伸びている。単純に船の形になると横倒しになるからだろう。

「お乗りください」

空をいく前と同じように船体の一部が階段状に変化し、シンたちの前に下りてくる。

シンたちが乗り込むと、移動を始めた。突起の部分が動いているようだ。

崖に向かってまっすぐ移動していたので、まさかこのまま海まで落下するのかとシンが考えていると、突起が崖に張り付きそのままゆっくりと下りていく。

揺れもほとんどなく、むしろ海に入ってからのほうが揺れていた。

「スクリューでもついてるのか？」

着水後、船体の後ろから波しぶきが上がったのを見て、シンはそんなことを言った。

「こちらのほうがより速く移動できますので、形を模倣しております」

今の世界では帆で風を受けて進むか、魔術で発生させた風を帆に当てて進むのが一般的だ。

だが、ゲーム時代は普通にスクリューを使った推進装置が使われていた。

ゲルゲンガーの進み方は、ゲーム時代の船にそっくりだった。

後ろを飛んでいたモンスターたちも、同じように船の形になってあとをついてきている。

誰も乗っていない船が列を成《な》して進む光景はかなり奇妙だ。

ただ、ゲルゲンガーのようにスクリューを模倣している個体はいない。そのせいで、後続との距離が離れていた。

これも与えられた知識由来のものらしい。

ドラゴンならいざ知らず、大陸の端で生まれたゲルゲンガーが、『栄華の落日』以前の世界で船の主流だったスクリューを知っているはずもない。

後続のモンスターたちはそこまでの知識は与えられていないようだ。

しばらく進むと、シンは巨大な反応が近づいてくるのを察知した。

「この海域の主のお出ましかな」

「皆様、くれぐれもこちらから攻撃なさらぬようお願いいたします」

反応の大きさから、間違いなくラ・ムォーンだろう。シュニーたちも気づいたようで、すぐに動けるように身構えている。

攻撃されないだろうとゲルゲンガーは言っていたが、万が一ということもあるので油断はしない。

「ひっ！」

ラ・ムォーンが近づいてくる方向を見ていたティエラの口から、小さな悲鳴が漏れた。気持ちはわかるとシンも心の中でうなずく。

最初に見えたのは大きなふたつの光源。

海の底からゆっくりと浮かび上がるそれは、片方だけでもシンたちの乗る船形体のゲルゲンガーより大きい。

続いて浮かび上がってくる巨体の影響で海面が黒く染まり、盛り上がっていく。それだけで大きな波が発生し、シンたちを乗せたゲルゲンガーが大きく揺れた。

そして、海水が流れ落ちたあとに姿を現したのは、巨大な顔だ。

魚の頭を人のそれに強引に近づけたような形状の頭部。それだけでも、人によっては不気味と感じるだろう。

見えているのは、人で言う鼻の少し上あたりまで。大きさだけならリフォルジーラ以上。

ぎょろりとシンたちを見下ろしてくる目は海中では爛々《らんらん》と輝いているが、海上で見るとまるで死んだ魚のように虚《うつ》ろだ。それが不気味さにより一層の拍車をかけている。

初めて見たティエラが悲鳴を隠せなかったのも、無理はないだろう。

「こうして見ると、やっぱり迫力あるわね」

「大丈夫なのよね？　大丈夫なのよね!?」

フィルマの飄々《ひょうひょう》とした口調にも、緊張が混じっている。

セティはラ・ムォーンが姿を見せたときからフィルマの背中に隠れていた。ちなみにティエラもシンの背後に隠れながら様子を窺《うかが》っている。

「くぅっ！」

誰もが言葉少なに様子を窺う中、大きく鳴いたのはユズハだ。シンの肩からひらりと下りたユズハは、船の端に移動してラ・ムォーンと対峙《たいじ》する。

剣呑《けんのん》な雰囲気ということもなく、片足を挙げて鳴く様は軽い挨拶をしているようでもあった。

ユズハの鳴き声に反応して、ラ・ムォーンの目が動く。ぎょろりと動くそれは、やはり見ていて気持ちのいいものではない。

目が動いてから数秒後、海面がざわりと揺れる。波とは違う振動によるそれは次第に大きくなり、ついにはシンたちの耳に届く音になった。

「うおっ⁉」

さまざまな管楽器《かんがっき》を出鱈目《でたらめ》に鳴らしたような音が響く。威圧感や衝撃などがないので、これがラ・ムォーンの鳴き声なのだろう。

あまりの大きさに、シンたちは思わず耳を塞《ふさ》いだ。

「くぅっ‼」

攻撃ではないとはいえ、真正面にいたユズハはノーダメージとはいかなかったようだ。

全身の毛を逆立てて、怒っているとわかる鳴き声を上げている。耳はぺたんと閉じていた。

そのせいなのか、おかげなのか。次の鳴き声はかなり控えめだった。

「なんだか、お説教してるみたいね」

「だなぁ」

フィルマの言うとおり、ユズハの鳴き方やしぐさが怒っているときのそれだった。漫画ならば怒りマークとともに「プンプン」と擬音が出ているだろう。

力関係はユズハのほうが上なのか、一声鳴くたびに、心なしかラ・ムォーンが沈んでいく気がするシンである。

「ええと、ユズハ、そろそろいいんじゃないか？」

なんだかラ・ムォーンがかわいそうになってきたので、シンは助け舟を出すことにした。

巨大なラ・ムォーンが子狐モードのユズハに怒られて沈んでいく様《さま》は、見た目はシュールだが同時にどこかコミカルでもあり、最初に感じていた緊張感を吹き飛ばしてくれている。

「くぅ、はこんでくれるって」

ユズハがそう言うのと、ラ・ムォーンが船状態のゲルゲンガーを持ち上げるのはほぼ同時だった。

まず水かきのついた巨大な指が海面から現れ、周囲の海水ごとシンたちを持ち上げた。

ラ・ムォーンはそのまま方向転換して、聖地のある孤島へと進み始める。バランスをとってくれているのだろう。まったくといっていいほど揺れがない。

「こんなに協力的なのはどうしてなんだ？」

「ら・むぉーん、ゆずはにあいさつにきた。せいちからもんすたーがでてくるのにめいわくしてるみたい」

シンにはくぅくぅ鳴いているようにしか聞こえなかったが、そのあたりの事情説明もしていたようだ。言葉は通じるらしい。

ラ・ムォーンが聖地から大陸に渡るモンスターを攻撃していたのは、それが自然発生したものではないとわかっていたからだという。この世界のモンスターにとっても、聖地の魔力から発生するモンスターは敵という認識になるようだ。

同種でも意思疎通不可能な上に攻撃してくるのだから無理もない。大陸側の生態系を守っていたというような大仰《おおぎょう》な理由があったわけではなく、単純に害になるものという認識だとユズハが教えてくれる。

もし聖地からモンスターが湧かなくなるなら、面倒ごとがなくなっていいくらいの認識らしい。

「速いな」

流れていく景色を見てシンはなんとなく口に出す。波も潮の流れも無視して進むラ・ムォーンは、魔導船舶もかくやという速度で泳いでいた。

人型の上に片手でシンたちを持ち上げているので泳ぎにくいはずだが、人が泳ぐようにざばざばと波を立てることもなくスイスイ進んでいる。

聖地のある孤島の周辺は岩礁《がんしょう》地帯なので運んでもらえるのはその端までだ。

過去に派遣された調査隊はそこから身体能力に任せて崖まで移動しさらにロッククライミングを行って孤島に入っていたらしい。

今回はゲルゲンガーがいるので、岩礁地帯でも崖でもとくにすることはない。大陸を移動したときと同じくドラゴンモードに変化して飛ぶだけだ。

「ん？　空から行くんじゃないのか？」

崖を上りきったところで再び地上に降りたゲルゲンガーにシンは問う。

「このまま飛ぶと大型の飛行モンスターに捕捉されてしまいますので、地上を行きます」

そう言うと、形を初めて見たときの多足形態に変化させた。船に似た本体も平たい楕円《だえん》形になっている。

違うのは、シンたちが乗っている場所を包み込むようにドーム状の屋根がついたことだろう。

ゲルゲンガーによると、表面の模様を変化させて迷彩《めいさい》のようにしているらしい。孤島内は大半が荒野なので、地面に似せると空から捕捉されにくいらしい。

「それなら、俺が姿を隠すスキルを使って丸ごと見えなくさせればいいんじゃないか？」

「移動は速くなりますが、よろしいのですか？　お手を煩《わずら》わせることになってしまいますが」

「たいした手間じゃない」

空を飛ぶほうが圧倒的に速いので、ゲルゲンガーには飛行形態になってもらい、シンがその上から【隠蔽《ハイディング》】をかける。

移動を始めて数分で、ゲルゲンガーが言っていた通り高レベルの飛行モンスターの姿がちらほら見え始めた。

百足《むかで》にトンボの羽を足したような姿のヘスベニア、四肢の間にある皮膜で風を受けて飛ぶ虎と鰐《わに》を足して2で割ったような姿のサンゲイル、ふわふわと空に浮くクラゲに似た姿のファスポーなど、種類も飛行方法も多種多様だ。一部は飛行というより浮遊だが。

「戦ってる様子はないな。こいつらは争わないのか？」

「争わないわけではありませんが、このくらいのレベルまで到達いたしますと、無差別に襲い掛かるものは少なくなります」

ゲルゲンガーの解説を聞きながらシンはモンスターたちを観察する。

どれもレベルは500以上。中には600を超える個体もいる。

あれらが大挙《たいきょ》して海を越えてきたら、大陸は大混乱に陥るだろう。そう考えると、それを食い止めてくれているラ・ムォーンには感謝しかない。

「あれ？　ねぇシンさん。この先で煙が上がってない？」

「やっぱりそう見えるか。てか、モンスターに攻め込まれてないか、あれ」

ミルトが指差した方向。ちょうどシンたちの進路上で複数の煙が上がっていた。

シンの目には、聖地らしき城壁とその前で戦うモンスターたちの姿も見えている。煙は城壁の内側から昇っているので、内部にも侵入されているようだ。

「襲ってるのは、樹木系のモンスターか」

トレントとも呼ばれる種族だ。

低レベルのものは見た目が完全に歩く樹木。動きは遅く、枝による攻撃は単調。斧や剣を使えば簡単に討伐というか伐採できる。

ただ、聖地を襲っているのは上位種のエルダー・トレントや、樹木の軍隊とも呼ばれるヘルフォレストなど、一筋縄ではいかないモンスターがそろっていた。

ヘルトロスやセルキキュスほどではないが、それでも『氾濫』で見かけたモンスターよりレベルが高い。

「城壁を守っているモンスターが少ないように見えますね」

「相性が悪かったのでしょう。養分にされてしまったようです」

よく見ると、ぽつぽつと地面から不自然な生え方をした木が見える。

一部にはミイラ化したモンスターの死体が刺さったままなので、ゲルゲンガーの言うとおり養分にされてしまったようだ。

「さて、どうしたもんか」

まだゲルゲンガーの主に味方すると決めたわけではないので、ここで手を出すのはためらわれた。

ただ、今までの流れから他の聖地の守護者はシンの敵であることがほぼ確定しているので、倒してしまっても問題ないとも言える。

「申し訳ございません。こちらで少々お待ちください」

どうするか決めかねていたシンたちを戦場から少し離れた場所に降ろすと、ゲルゲンガーは楕円形状態に戻る。そしてそのまま、一直線に樹木系モンスターたちの中に突っ込んでいった。

ある程度まで近づくと大きく広がり、そのままトレントたちを呑み込んでいく。

「すごいね。お菓子みたいにパキパキ折られてくよ」

「攻撃が物理重視なのは変わらないみたいだな」

トレント系のモンスターは動物タイプと違って、呑み込まれてもすぐに窒息《ちっそく》することはない。

当然暴れるわけだが、ゲルゲンガーはそれさえ押さえ込んでへし折っていく。

ある意味全身が筋肉のようなもの。外側だろうが内側だろうが、出力に変わりはない様だ。

広がった本体から離れたトレントにも触手状になった体を伸ばして巻きつき、片っ端から折っている。

「レベル600超えのモンスターが、あんなに簡単に……」

「ゲルゲンガーは800超えてるからな。それだけ差があればあのくらいは当然だ。相性もいいしな」

【分析《アナライズ》】でレベルを確認したティエラが表情を引きつらせている。

トレント側もゲルゲンガーを養分にしようとしているのが見えたが、巻きついた根や枝はそのまま体内に吸収され溶かされている。

幹のような太さがなければ、すぐに消化されてしまうようだ。

魔術が使えれば話は違ったのかもしれないが、今聖地を攻めている中に強力な魔術スキルを使える種類のトレントはいない。

「しかし、知性のある不定形モンスターというのは、こうも攻撃が多彩になるものか。考えを改めねばならんな」

「そうね。あの触手みたいな攻撃だけでも厄介《やっかい》だけど、先端を刃物みたいに変形させることもできるみたいだし。他にも隠し玉がありそうだわ」

ゲルゲンガーの攻撃方法を見て、シュバイドたちは警戒を強めている。今の戦い方だけを見ても、ゲーム時代には見たことのない攻撃方法が使用されていた。

見た目が柔らかそうでも、伝説級《レジェンド》の武器すら跳ね返すゲルゲンガーの体だ。刃物のように鋭くしたり、槍のように細長くしたりすれば相応の攻撃力を得てもおかしくはない。

現に、シンたちの視線の先では、触手状に伸ばした体の先端の一部を片刃の大剣のように変化させてトレントを切り裂いている。

防御に重点をおいたモンスター、と侮《あなど》るのはやめたほうがいいのは間違いない。

攻撃を受けているのはシンたちの見ている場所だけで、進入口もここだけのようだ。他にはモンスターが群がっているような反応はなかった。

「お待たせいたしました。ご案内いたします。どうぞこちらへ」

襲撃してきたモンスターを一掃《いっそう》したゲルゲンガーは、老紳士の姿になりシンたちの前を歩く。門はゲルゲンガーが近づくと誰が開けるでもなく開いた。

聖地の中を歩く。

モンスターらしき反応は聖地中にあるが、目に見える範囲には出てこない。

一番集まっているのは襲撃を受けていた地点だ。壁の修理をしているのかもしれない。

（島の中にあるけど、ここ港があった都市だよな？）

移動中に見た店の多くが船に関するものだったことから、シンはこの聖地が、バルバトスのような港を擁《よう》していた都市、アルガラッツではないかと推測した。

アルガラッツには、『六天《ろくてん》』のギルドハウスであるセルシュトースを停泊させたこともあった。

いくつか見覚えのある店も見つけたので、間違いないと確信する。

一部が海に面していたので、都市全体を覆うような城壁はなかったはずだと思いながら千里眼で壁を注視すると、途中から壁の材質が変化していた。作り足したのだろう。

到着した建物は、ゲーム時代は行政機関が入っていた建物だった。

都市でも有数の大規模建築物だが、プレイヤーが関わるようなことはほとんどない。シンも「イベント後の表彰に使われてたっけ」くらいの認識だった。

『中は別物だね』

『さすがに応接室にご案内ってわけじゃないんだろうな。それに、外から見たより広い。ダンジョンってわけじゃなさそうだが』

ミルトの言葉に軽口を叩きながら、シンはマップを確認していた。

内部は特殊な空間にでもなっているようで、広さは外から見た建物の3倍ほど。2階と地下もあるようだ。

内装は、市役所のような受付とホールがあっただけのものから、何度か入る機会のあったヒューマンの城の内装に近い印象を受けるものに変わっている。

「この中でお待ちです」

ゲルゲンガーが足を止めたのは、2階の中央に位置している大きな扉の前だった。

縦5メル、横3メルといったところか。どんな巨人が使うんだと思うような大きさだ。

使うのがモンスターだと思えば、このくらいは必要かもしれないが。

「私が入れるのはここまでです。この先には皆様だけでお進みください」

ゲルゲンガーが恭《うやうや》しく頭を下げると、扉がひとりでに開いた。入ってこいということなのだろう。

扉の先、ホールになっている部屋の中には大きな反応がひとつある。

罠を警戒しながら、シンたちはホールの中に入った。少し進むと、背後で扉の閉まる音がする。

「これ、閉じ込められたんじゃ……」

「ボス部屋みたいなもんだろうからな。よくあることだ」

「あー、確かにそうだね」

心配そうなティエラに、シンとミルトの反応は軽い。ゲーム時はボスを倒さないと部屋から出られない、なんてことは日常茶飯事であり、今さら驚くようなことではないのだ。

カーペットの敷かれたホールをまっすぐ歩く。その先は床が少し高くなっており、派手な装飾のされた椅子が置かれている。家臣は誰もいないが、見た目だけなら玉座《ぎょくざ》の間だ。

そして、玉座には1人の男が座っている。

「やあ、わざわざ来てもらって悪いね」

そんな軽い挨拶をしてきた男の顔は、シンと瓜《うり》ふたつだった。

違いがあるとすれば、色だろう。元から黒い髪や瞳だけでなく、肌や歯、口内のような細部に至るまで、濃淡の違いはあれども全体がモノトーンで統一されている。

――――【境界の守護者　レベル834】

【分析《アナライズ》】がはっきりと正体を表示する。

かつて、ベイルリヒトの王女・リオンとともに戦ったグリフォンの姿をした守護者と同じで、モンスターを基にしているか、模しているのだろう。

自分と同じ姿をしていることとその色合いから、シンはドッペルゲンガーの上位種フェイスマンを連想した。

「ああ、言葉使いは気にしなくていいよ。こんなつくりだけど、王様を気取る気はないんだ。もう知ってるだろうけど、一応自己紹介をしようか。僕は境界の守護者と呼ばれているものの内の一体。このアルガラッツを任されてる」

玉座から立ち上がり、シンたちの前に歩いてくる守護者。表情はにこやかだが、全身の色合いか

らどこか道化じみた印象を受ける。

「シンだ。他のメンバーも紹介が必要か？」

「とりあえず、今は君だけでいいかな」

重要なのはシンだけということなのか、シュニーたちには視線を少し向けるだけですぐに戻した。

「他の守護者を倒して欲しいって話だが」

「あれ、この姿には反応なし？」

「ドッペルゲンガーか、フェイスマンあたりの模倣じゃないのか？」

「ありゃ、ばれてる。他の守護者とも接触してるんだもんね。当然か。お察しの通り、これはフェイスマンを基にしてるんだ」

そう言うとシンそっくりの姿が崩れ、黒一色の人型になった。人型といっても、非常口のマークに描かれているような、棒人間だ。

「渾身《こんしん》の力を注いだネタのつもりだったんだけど仕方ない。話を戻そうか。イヴルから聞いてると思うけど、僕は君たちと敵対する気はないんだ。モンスターを生み出すのだって向こうが攻めてくるから防衛戦力を出してるだけなんだよ」

守護者はゲルゲンガー・イヴルを後ろの名で呼ぶらしい。話しながら両腕を折り曲げて肩を上下に動かす。やれやれ困った。そんな言葉が聞こえてきそうな仕草《しぐさ》だ。

ゲルゲンガーから聞いていた通り、孤島内の聖地を制圧できれば、自分たちから仕掛けることはしないと守護者は続けた。

「なんか守護者って連呼するのも他の守護者と混ざって話しにくいね。僕のことはイレブンと呼んでよ。製造ナンバー11だし」

「ちょっと待て、ナンバー11？」

守護者には固有の名前がないから。そんな理由でさらっと出てきた話の内容に、シンは待ったをかけた。

守護者――イレブンは何かおかしなことでも？　と言いたげに首をかしげている。

「守護者ごとに、ナンバーがあるってどういうことだ？」

「ああ、君たちは知らないのか。僕たち守護者は創造された順に番号が付けられているんだ。僕は11番目」

「創造された順ってことは、お前や他の守護者は誰かに生み出されたってことか」

「そうだね。戦うために生み出された兵隊ってところかな？」

自らのことだというのに、イレブンはまるで他人事のように言う。

「……境界の守護者っていうのは、なんなんだ？　一体何から何を守ってるんだ？」

シンは今まで疑問に思っていたことを問う。

「想像はできるんじゃないかい？　別の世界を知る君なら」

イレブンは穏やかな声でシンに問い返した。頭は黒い球体なので表情は読み取れないが、もしあればほのかに笑みでも浮かべていそうだ。

「答え合わせはしてくれるのか？」

「僕なりの答えは伝えるよ。そうでないと、君は協力してくれないだろうからね」

曖昧《あいまい》な回答だったが、自分たちに損はないとシンは自分の考えを口にする。

境界の守護者の『境界』とは別の世界との境のようなものを指し、それを越えてやってくるものからこの世界を守る存在なのではないかと。

しかし、シンの理論にはいろいろと穴がある。

この世界に来たという意味では、ミルトをはじめとした元プレイヤーもそうだ。また、守り手という割にはそれらしい行動がほとんどないというのもある。

もちろん、シンたちが見ていないだけで動いている可能性も十分あった。

「世界の境か。やっぱり君は『自分の世界とは違う別の世界がある』と認識しているんだね」

確かめたいことでもあったのか、シンの話にうなずくイレブン。

「俺の考えてることは言った。次はそっちの番だろう？」

「そうだね。まずはこの世界だけど、君の言うとおり、君の世界とは違う別の世界だ。違いがあるとすれば、それは君たちの世界のほうが上だってこと」

「上？」

「何をもって上というかは、まあ表現が難しいのだけどね。でも、君たちの世界からの干渉によってこの世界の法則すら変わるんだ。どちらが上位で、どちらが下位なのかは、明白だよね」

　自分たちの世界とは違う別の世界。

　平行世界や並列世界など、そういった概念は漫画や小説の世界では珍しいものではない。表面上の知識程度ならば、シンも知っている。

　とはいえ、それが語られるのはフィクションの世界でのこと。自分に関係してくるとなれば、はいそうですかと軽くは済ませられない。

「一から説明してくれ」

「あー……思わせぶりなことを言いすぎたかな。実はこの世界の成り立ちについて、僕も詳しくは知らされていないんだ。守護者の中でそれを知っているとしたら、シングルナンバーの連中だろうね」

　頭をかくようなしぐさをしながら、イレブンは言う。世界の秘密のようなものも知っているのかと期待していたシンとしては、肩透かしを食らった気分だ。

「お前もシングルナンバーとはふたつしか離れてないだろ?」

「そうだけど、シングルかそうでないかは結構重要でね。与えられた知識はさほど多くないのさ。世界について知っているのも、今君に話したことくらいがせいぜいかな。でも、知ってるだろう存在ならわかる。君が戦ったオリジン、いや、オリジンI《ワン》と同等と言っていい存在だから、この世界の根幹に関わるくらいの情報は持ってるはずさ」

「オリジンⅠか。少しは知ってるが」

ユズハが言っていた存在がここで出てくるか、とシンは思った。

シンが最終ダンジョンで倒したボス、オリジン。

シンが聞いたこともなかった称号と、スキルを得るきっかけになった相手。

当時の記憶を引っ張り出すが、他にシンが潜ったのと同じようなダンジョンは発見されていない。

そもそも、オリジンを倒したことでゲームはクリアされたとはっきりアナウンスがあった。

ラスボスと同等の存在が他にいるのならば、そんなアナウンスは流れないだろうし、ログアウトもできないだろう。

なぜとは思っていても、どこに答えがあるのかわからなかった。

「この世界に生まれ落ちた最初の7人。それがオリジンシリーズと呼ばれる『人間』のプロトタイプ。オリジンⅠはドラグニルの原型だよ。たぶん、相応の姿をしていたはずだけど？」

イレブンの言うとおりオリジン――正確にはオリジンⅠ――はシュバイドのような竜に近いタイプの人型だった。

サイズを小さくすれば、そのままアバターとして使われてもおかしくない外見だ。

「僕が知っているのはオリジンⅠの半身といわれる存在の居場所。今は確か冥王と名乗ってるね」

「なに？」

冥王という単語が出てきたことに、シンは驚いた。

いまだに使えないスキルの先頭についている単語も冥王だ。シンが倒したオリジンIの半身とくれば、無関係とはいかないだろう。

「何か気にかかることがあるみたいだね。僕はこの情報と隣の大陸へのモンスターの出現停止を対価に、君たちにふたつの都市を攻略してもらいたいと思ってる。受けてくれるかな？」

イレブンの問いに答えるのに、シンは少しだけ間をあけた。

イレブンが言っているのはこの世界の成り立ちを知ってるかもしれない相手の情報。シンとしてはとても気になる。

イレブンから得られた情報だけでもいろいろと考えさせられるが、それ以上のものが手に入るなら大陸側の安寧《あんねい》も含めれば了承してもいい気がする。

「ひとつ確認したい。結局、守護者は何と戦うんだ？　俺たちの世界がこっちより上っていうのはわかったが、その辺の質問には答えてもらってないぞ」

「いやぁ、それなんだけどね。実は、僕はまだ境を越えてきた相手と戦ったことはないんだよ」

まだもらっていない回答を求めたシンの問いに返ってきたのは、拍子抜けする言葉だった。

「戦ったことがないって、どういうことだよ」

「そのままの意味さ。わかりやすく言うなら、僕たちはかつてのサポートキャラクターみたいな立ち位置なんだよ。作られて、命令されて、ただ動く。ある程度自律行動する機械みたいなものかな」

イレブンの言うとおり、ゲーム時代のサポートキャラクターはまさにそれだ。

しかし、今シンたちの前で話しているイレブンに、それが当てはまるとはこの場の誰も思っていない。

「それが変わったのは、君たちが『栄華の落日』と呼んでいるあの日だ。この世界のありようが変わった日であり……僕たちが主を失った日でもある」

淡々とした口調が、一瞬沈む。

「主、オリジンIか」

「そう。まあ、君たちみたいな関係じゃなかったから、いなくなっても何か変わったというわけでもないんだけどね。僕らは何かと戦うために生み出されて、しかし肝心の何かと戦うこともなく今に至るわけだ」

「ならなんで守護者は俺を狙うんだ？　俺がその何かなのか？」

肝心の守護者ですら何と戦うかわかっていないのに攻撃されるのは、あまりにも理不尽《りふじん》だろうとシンはイレブンに非難の目を向ける。

「仕方ないよ。君は実体を持ったまま境を越えてきた唯一の存在。君だけが僕たちが戦うはずだった「何か」に該当するんだ。ほとんどの守護者は与えられた役割をこなすことしか考えてない。いや、こなそうとしかしないって言ったほうがいいのかな。意思はあるけど行動目標からずれたことはしないというか」

「なら、僕たちはどういう扱いなの？」

イレブンの話に、ミルトが口を挟む。シンも気になっていたとイレブンに視線を送った。

「どうなんだろうね。少なくとも、僕たちの中にある判断基準に君たち元プレイヤーは引っかからない」

やはり実体があることが重要なんじゃないかとイレブンは言う。

「あと、まあ。主の仇《かたき》でもあるけど、そっちはさほど重要じゃないと思うよ。創造されたっていっても、向こうは道具を量産してたみたいなものだろうし。話したこともないしね」

仇ではあるが、オリジンⅠとの関係が創造主と創造物というだけなので、感情面ではほとんど何も感じていないという。

「そう。いうなれば、入学初日にたまたま隣の席になったけど、とくに話したわけでもない人が次の日から学校に来なくなってしまった。みたいな感覚さ」

「わかりにくいけど、言いたいことはなんとなく伝わる。でもそれでいいのか？」

シンとてリアルでは学生だ。実際に学校に通っている身としては、イレブンのたとえは「だいたいこんな感じか」と想像できる。

ただ、自分の主人をなくした感覚とは違うだろうと思わずにはいられない。

何よりイレブンの中でオリジンⅠの扱いが軽い。あまりにも軽い。

「復讐心とか欠片《かけら》も湧かないし、そんなもんでしょ。特別な関係といえばそうだけど、忠誠心を植えつけられているわけじゃないしね。とはいえ、ここまで自分で考えて行動している個体はほとんどいないと思うよ」

「だろうな」

会話すら成立しなかった今までの守護者に対して、イレブンは饒舌《じょうぜつ》すぎる。とくに違うのは、自分の意思を示してくることだろう。

改めて考えると、グリフォンもイシュカーを操っていた守護者も行動がどこか機械的だったように思えてくる。

「でも、それならお前はなんなんだ？　そっちからすれば、俺は攻撃対象なんだろう？」

「僕は人に姿を変えるモンスターが元になってる。だからかな、他の守護者よりもいろいろと考えることができたんだ。今まで考えたこともなかったことを考えて、想像して。そんなことをしている内に、僕は自分を自覚した。自我《じが》を得たといえばいいのかな。それまでも意思はあったんだけど、今の僕からすると考えているようで考えてないんだよ。ぼーっとしながら右からきたものを左に流していくだけというか」

パターンどおりの反応を返すだけみたいな感じと、イレブンは続ける。

「でも今は違う。少なくとも違うといえるだけの自我はあると思ってる。そうでなければ、倒すべき相手であるはずの君にこんな話はできない」

イレブンの声のトーンが少し下がる。表情は欠片も変わらないが、真面目に話しているのはわかった。

「正直に言えば、僕は君が敵だとは思っていない。なにせ敵がなんなのか明確にはわからないんだからね。なぜ境界の向こう側から来るものが敵なのか。なぜ倒さなければならないのか。僕には理由がわからない。そして、今の僕はそんなわけのわからない、理由らしい理由もない状態で君と戦おうなんて思えない。でも、他の守護者はそれらに疑問を持たない。疑問を持つ僕を異常だとして排除しようとしてくる。僕は、何もわからないまま死ぬなんてごめんだ」

自分は作られた存在だとイレブンは言った。しかし、この言葉は、確かに本人の意思によるものだとシンは感じた。

「……わかった。討伐の件、受けよう」

「本当かい？」

「ああ。一応確認しておくが、その冥王がいる場所っていうのは、俺たちが行ける場所なんだろうな？　今の世界は『栄華の落日』以前の世界とは地形が違う。昔の地図だと、なんて話じゃ意味はないぞ」

「さすがにそこは大丈夫だよ。今の世界で実際に行ける場所のはずさ。ただ、その場所が実際にどうなってるかはさすがにわからない。僕たちは確かめに行くことができないからね。でも、その存在がどこにいるかはわかる。なにせ創造主の半身だ。他の守護者と争っているとしても、それを間違えることはしないよ」

そこだけは信用して欲しいとイレブンは言う。

シンとしても、今の世界基準でなら大丈夫だろうと思う。地形の変化でかつての大陸がどういう移動をしたのかもいまだ明確にはわかっていない。

旧世界の地図でここだと言われても、意味がないのだ。

「あとはそうだな。聖地を制圧してイレブンが統治するようになったら、もともと統治していたやつらはどうなるんだ？」

「消えるよ」

イレブンの返答は実にあっさりしたものだった。そこには何の感情も窺えない。

「僕たちの命は聖地のコアと繋がってる。聖地を制圧するってことは、コアの支配権も奪うってこと。繋がりを絶たれれば、守護者は復活できない。そうなったら、ただの高レベルモンスターと同じさ。違いがあるとしたら、倒されると魔素になって消えてしまうことだね」

死体が残ることはないらしい。

「倒した直後に復活することは？　カルキアのグリフォンを模した守護者は倒しても倒しても復活したぞ」

「ナンバー13だね。あれは戦闘力よりも再生力に重点を置かれたから、すぐ復活するのさ。あれは倒すより封印するほうがいい。復活しなくなるまで何回殺せばいいのか僕にもわからないよ。僕が倒して欲しい聖地の守護者はそんな極端な再生能力は持ってないから安心して。コアと繋がっていれば倒しても最終的に復活するのは同じだけど、こっちのは一度倒したら1週間は復活できない。その間にコアを支配してしまえばいい」

守護者を倒してしまえば、コアは無防備だ。イレブンが直接向かわなくても、ゲルゲンガーを通じてコアを支配できるらしい。

「なら大丈夫か。俺がナンバー13と戦ったことは知ってたのか？」

「誰が何と戦った、くらいの情報交換はしてたんだけどね。お隣さんたちと交戦状態になって以降、ネットワークから締め出されちゃってるのさ。外の情報を得るのも一苦労だよ」

シンは一瞬、グリフォン型の守護者を倒したときに、武器や体を包んだ光のことを聞こうかと思った。しかし、イレブンがそれを知らなければ余計な情報を与えることになる。

もし正体を知っているなら教えて欲しいところだが、知っていたとして素直に答えるかも不明だ。まだお互いに信用も信頼もない。

少し考え、シンは聞かないことにした。より情報を持っているだろう冥王とやらに聞くほうが確実だ。

「敵の情報があるなら聞かせてくれ」

シンは今はまずこれから戦う相手のことを考えようと、イレブンが共有していた情報を要求した。

締め出されたというのがいつの話かは知らないが、少なくとも守護者がどんな相手なのかくらいは知っていないとおかしい。

「少し前にモンスターが襲ってきてたのは見たかな？　あれはここから近いほうの聖地のモンスターだよ。守護者はヴァンウッドっていう樹木系モンスターが元になってる。もうひとつはアラハバキっていうゴーレム系のモンスターが元になってるよ。守護者の姿は変わらないはずだから、能力についても説明しておくね」

能力面でも大きな変化はないだろう。そう続けるイレブンにうなずいて、シンは守護者への対策を考え始める。

そんなときだ。シンの中の何かが、敵意を感知する。

直感が発動したのだ。理由もなく、攻撃が来るとわかる。

シンが振り向くとシュニー、フィルマ、シュバイド、ミルトといった直感持ちも同じ方向を向いていた。これだけそろえばまず間違いない。

数秒後、地面が揺れた。わずかに遅れて、何かが爆発するような音が響く。

「何が起こってる？」

「お隣さんたちからの攻撃だよ。ただ、今回はいつもと様子が違うね」

シンのマップや気配察知能力では、ゲルゲンガーをはじめとした配下やイレブンの支配するアルガラッツ内を徘徊《はいかい》しているモンスターと、それ以外のモンスターの区別がつかない。

アルガラッツに到着した際に都市を攻撃していたトレント系モンスターも、何をするでもなく空を飛んでいたモンスターも等しく同じ反応だ。

これまでも特別なモンスターは反応も他とは違ったが、今回はそういうことはなかった。

現状では、シンの感知できる範囲で特別な反応をしているのはイレブンのみ。

他はアクティブかノンアクティブの違いはあれど、反応の大きさは同じだ。

「空から攻撃を受けるのは初めてだ。何かあったのかな？」

「随分落ち着いてるが、いいのか？　迎撃しなくて」

「イヴルたちが対処するよ」

迎撃はゲルゲンガーたちに任せるようだ。今までにない攻撃を受けているにもかかわらず、イレブンに慌てた様子はない。

『外の反応。どれが敵かわかるか？』

『ここからでは難しいですね』

『反応がごちゃごちゃだよ』

心話で問うと、シュニーが冷静に、ミルトが顔をしかめながら返してくる。フィルマとシュバイドもうなずいているので同じようなものなのだろう。

飛行型モンスターは城壁など無視して移動する。シンたちがアルガラッツに入る前から、飛行モンスターは上空を無軌道《むきどう》に飛んでいた。

シュニーたちも、さすがに今回攻撃してきたものとそうでないものとの区別はできなかったようだ。聖地周辺のモンスターは、ほとんどが直接戦っていないにもかかわらずアクティブ反応だった。

シンたちが移動する時も姿を隠していなければ群がってきたであろうことは間違いない。非好戦的なのはシンたちと行動をともにしていた個体群くらいだろう。

「アルガラッツを包囲するように飛んでるな」

「まるで、何かを逃がさないようにしてるみたいだね」

マップの反応から、攻撃をしてきたと思われる飛行型モンスターが城壁の周りを囲むように飛んでいることがわかる。イレブンもそれは同じようで、意味深なことを言ってきた。

「少し前に壁に張り付いてたのがやられたばかりなのに、展開が速すぎる。こうもいつもと違うことをしてくる要因は、今のところひとつだけだね」

「空を飛んでるやつらの中に、こっちを監視してるのがいるのか」

空を飛ぶモンスターは様々なタイプがいた。どの系統というくくりがないので、別のところから来た個体がまぎれていても見た目で判別はできそうにない。

「このあたりのモンスターは僕の魔力の影響で発生しているから、そのくらいはわかるはずなんだけど」

「実際に見たほうが早いか」

シンたちには区別がつかないが、イレブンにはつくらしい。

シンたちのいる場所からではこれ以上の情報が得られそうにないので、姿を隠しながら外の様子を窺うことにした。

「なるほど、寄生させたのか。さっきのトレントたちは種を蒔《ま》く役目も担っていたようだね」

空を飛ぶモンスターたちは、体から植物の根のようなものが生えていた。

イレブンの言った寄生とは、植物系モンスターの使う自分の種子を他のモンスターに植えつけて操る能力のことだ。

隣の守護者はトレント系のヴァンウッドが元になっている、とイレブンが話していたので、それが原因だろう。

「中でも暴れ始めたみたいだぞ。そっちで対処できるのか？」

「ああ、それは大丈夫。君たちはこのまま包囲を突破して、隣の聖地に向かってくれていいよ」

聖地内でモンスターが暴れていても、イレブンの態度に変化はない。このくらいのことは対処できるのだろう。

ならばと、シンたちはモンスターの対処をイレブンに任せ、すぐに移動を始めることにした。

Chapter 2 | 砂海を越えて

THE NEW GATE

シン一行がアルガラッツを脱出すると、モンスターの包囲が解かれ、シンたちに迫ってくる。

「空から来るなら、私の出番かしら」

「ああ、俺とセティで弾幕を張る。シュニーとティエラで取りこぼしを頼む。ミルトたちは念のため各方面、とくに地下の警戒だ。地面の下から根で攻撃ってのは、トレントの得意技だからな」

シンはパーティメンバーに指示を出しながら、魔術スキルを展開した。

シンの隣で、セティも魔術スキルを展開する。

飛来するモンスターの数は多い。

シンたちの馬車を追う形で聖地を取り囲んでいたモンスターが迫り、前方からはどこにいたのか、別の群れが迫っていた。

後方のモンスター群はレベルが軒並み５００を超えているが、前方はそれ以下の個体も多い。後方は質を、前方は数を重視したような編制だ。

しかし相手が悪い。シンたちを前にしては、数が多いと面倒という以外さしたる問題はない。

「距離が近いし、後ろを先でいい？」

「ああ、こっちのほうが個体のレベルも高いし、遠距離攻撃できるやつもいるしな」

魔力の高まりを感じながら、シンは手のひらを後ろから迫るモンスター軍へと向ける。隣では、セティも杖を掲げていた。

先に発動したのはセティの魔術。ともに無詠唱だが、魔術戦に特化している分、発動までの時間はセティのほうが早かった。

馬車の後方に直径30セメルほどの光球がいくつも出現する。術者に追従するそれらから放たれるのは、巨大な岩も軽々と貫通する光線だ。

光術系魔術スキル【アヴライド・レイ】。

光球と同じ30セメルほどの太さの光線は、空を飛ぶモンスターをピンポイントで撃ち落としていく。

光術は雷術と同じく、一部の特殊なプレイヤーやモンスターを除いて、見てかわせるような速度ではない。

空中で身をひねってかわす回避はもはや曲芸の領域。そんな攻撃が連続で、それでいて正確に撃ちこまれるのだから、受けるほうは悲惨だ。

正面から直撃を受けたハイヴァーンは、頭から尻尾まで光線の幅だけ綺麗に消滅して真っ二つ。

運悪く斜線が重なる場所を飛んでいたヘスベニアは胴体がふたつに分かれ、しかし昆虫モンスターの生命力ゆえに即死できず、身をくねらせながら墜落していった。

「操られてるからか、ひるむ様子はないな」

次々に撃ち落とされる仲間を見ても、モンスターたちは突撃をやめない。それを確認して、シンも魔術を発動させた。

出現したのは拳程度の大きさの火球。空中に不規則に浮かぶそれは10、20と次々と数を増やし、モンスターとシンたちの間に広がっていく。

炎術系魔術スキル【フレア・マイン】。

火球はひとつでおおよそレベル300クラスが消し飛ぶ程度。

一度設置すると解除するまで移動することはできず、地面に仕掛けてトラップとして使用したり、壁のように設置して相手の行動範囲を制限したりする魔術スキルだ。

シンはそれを、迫ってくるモンスターたちを囲むように設置していく。

突出して動きが速い個体や操られてなお危険を察知して進路を変えようとした個体はセティが撃ち落としているので、今シンたちを追ってくるモンスターたちは楕円形の集団になっている。

そんなモンスターたちの前に【フレア・マイン】をばら撒けばどうなるか。答えは空気を震わせる爆発音が教えてくれる。

【アヴライド・レイ】でモンスターを撃ち落としていたセティも、途中から攻撃をやめるくらい大量の【フレア・マイン】が設置されていた。

とくにモンスターたちの正面は分厚い壁のごとく火球が設置され、モンスターの姿も見えにくいほどだったのだ。

そんな中に突撃すれば、待っているのは無数の高熱と衝撃による死しかない。進路を変えようにも、そのころには【フレア・マイン】が周囲を完全に覆い尽くし、どこにも逃げ場はなくなっている。

「ここまで来ると、ちょっとモンスターがかわいそうになるね」

【フレア・マイン】は最初の爆発から次々と誘爆を起こし、最後には大きな爆発となって大気を震わせた。

閉じ込められていたモンスターたちは、一匹残らず燃えるか四散している。モンスターの一部が燃えながら落下していくのを見て、ミルトは若干呆れ気味だ。

「操られてるってところだけなら、まあそうなんだけどな」

操られていても、聖地の魔力で生まれたモンスターには違いない。シンたちが進めば、結局襲われるのである。ヴァンウッドとの戦いに水を差されても困るので、倒せる分は倒してしまうことにしていた。

姿を隠していくという案もあったが、これから向かう聖地の守護者の元となったモンスター、ヴァンウッドは根を介して地面に触れている相手の隠密行動を看破《かんぱ》する能力がある。同じものを有しているとしたら、【隠蔽《ハイディング》】も意味はないと最終的に全員で突撃と相成ったのだ。

「地下は何か反応があるか？」

「今のところ何もないね」

「同意見だ。向かってきているのがわかっているゆえ、攻撃しないのか。それとも根がここまで伸びていないのか。聖地との距離を考えれば後者だろうが」

シンの問いかけに、地面に目をやりながらミルトとシュバイドがそれぞれ報告をしてくれた。

地下からの攻撃を重点的に警戒してくれるメンバーに加えて、パーティの大半が直感をはじめとした危機感知能力を持っているので、よほどのことがないかぎり奇襲を受けることはないだろう。

「前もやっちゃっていいわよね？」

「もちろんだ」

セティはやる気満々だ。愛杖の『宵月《よいづき》』の先に魔術陣を展開させながら、迫ってくる集団の先頭に狙いを定めている。

シンのゴーサインで術式を起動。

馬車の周囲を、2メルほどのラグビーボールの形をした大火球が囲む。その形を見て、シンはすぐにセティの使おうとしている魔術を察知した。

炎術系魔術スキル【レッド・クラスター】。

見た目は楕円形の巨大な火球だが、中に小型の火球を内包しており、狙った相手の手前で破裂して広範囲に火球を撒き散らす。現実世界のクラスター爆弾のようなスキルだ。

【THE NEW GATE】には元の世界の兵器を参考にしているようなスキルは多い。

兵器であるクラスター爆弾と違い、内包している小火球をばら撒く方向を前後左右上下にまで細かく指定できるので、相手がいる方向は選ばない。

ばら撒かれた小火球は何かに触れると即座に起爆し、近くに別の小火球があると少しの間をおいて誘爆する。モンスターの群れに向けて撃つと、接触起爆と誘爆の連鎖で、大抵は小火球が飛んだ周囲が爆炎に包まれていた。

何かに触れる、もしくは誘爆されなくても一定時間で自動起爆する。

つまり空中に放たれた小火球がそのまま地面に落下して起爆するので、ちょっとした対地攻撃にもなる。プレイヤーの中には、あえてそういう使い方をする者もいた。

それが全部で30。遠すぎず、近すぎずの絶妙な間隔で放たれる。

微妙に発射タイミングが違うのは、狙っているモンスターとの距離を考えてのことだろう。細かな調整はさすがセティだ。

大火球が向かう先では、ちょうど進行方向にいた個体が進路を変えた。そのままかわすつもりなのだろう。そのくらいの知恵はあるようだ。

「その避け方じゃ、かわせないんだよな」

モンスターに接触する手前10メルほどの距離で、大火球が一斉にはじける。爆発を伴わない、風船が割れるようなはじけ方だ。

そして出てくる。小型の、野球のボールくらいの大きさの小火球。

魔術ゆえの不自然ともいえる動きで広がり、かわそうと方向転換していたモンスターの前にも、そのまま飛んでいたモンスターの前にも小火球は現れた。

現代の飛行機ならかすっただけでも大惨事。しかしモンスターなら、多少ダメージを受けたところで翼が健在なら落ちることはない。

肉体はレベル相応の頑強さがあり、拳大程度の小火球など当たったところで体勢を崩しすらしない場合もある。

ただ、それはその小火球が見た目どおりの威力ならの話。

モンスターに触れた小火球が、爆発する。魔術の初心者が撃ったような小さな火球は、触れたモンスターどころか周囲にいたモンスターまで巻き込んで盛大に爆発した。

小火球との距離が近かった個体は爆発四散。多少距離があった個体も熱波と衝撃で肉体の一部を損傷している。

そこに、大きく広がったことで時間差で飛んできた小火球が接触、さらに爆発が起こった。

モンスターが四散して空いた間を通って、あとから到達した小火球が群れの奥へ進む。そうやって、どんどん群れの内側へと爆発が食い込んでいくのだ。

「これ、私たちの出番あるの……?」

雨のように落ちてくるモンスターの残骸を見ながら、ティエラが若干呆れながら言う。

シンとセティで弾幕を張り、取りこぼしをシュニーとティエラに倒してもらうという流れだった。

しかし、2人の殲滅《せんめつ》力がありすぎて取りこぼしが出ない。

セティの【レッド・クラスター】は最初だけでなく今も続けて放っており、空の一部が爆炎で覆われている。

そして【レッド・クラスター】の爆炎を奇跡的に抜けてきた個体を、今度はシンが【アヴライド・レイ】で撃ち落としていた。本来はティエラたちの役目である。

「正直に言って、出番ないよね。広範囲特化の魔導士と組むと、たまにこういう状況になってたよ。僕たちいらなくない？　みたいな」

爆炎で曇る空に放たれていく大火球に目をやりながら、シンは、ティエラの発言に返したミルトに補足を入れておく。

「普通はそのあとしばらく使い物にならなくなるから、無駄じゃないんだけどな。セティのこの連射能力は、俺も予想してなかったわ」

ゲームでは一部の例外を除いて、スキルは一度使うとすぐに再使用はできない。

再使用できるようになるまでの時間はスキルごとに設定されており、それらも踏まえてどのスキルをどのタイミングで使うか考えながら戦うのだ。

回復や攻撃に特化した魔導士タイプはそのあたりとくにシビアで、戦闘の規模が大きくなるほどMP残量とスキルの管理が重要になってくる。

今の世界では、ほとんどのスキルで再使用時間がなくなっているが、だからといって高速連射できるわけでもない。

重要なのはシンも練習中の魔力操作。これがスムーズであればあるほど、スキルの連続使用が楽になり速度も上がるとセティは言っていた。

言うだけあって、セティの魔力操作はシンも驚くほど。シンでも、セティと同じ速度で【レッド・クラスター】を連射することはできないだろう。

「魔術戦で活躍できないと、今度は私のほうが要らない子みたいになっちゃうじゃない。シンとシュー姉は、武器を持ち変えれば私と大して変わらない戦い方ができるし」

もともとステータスがカンストしているシンと、サポートキャラクターの中では頭ひとつ抜きん出ているシュニー。

セティの言うとおり、汎用性《はんようせい》を捨てて遠距離戦用の装備に変えれば差などほとんどないくらいの闘いはできる。

シンに関して言えば、この世界における魔力操作のような個人の技量による部分以外ではもとから凌駕《りょうが》している。カンストしたステータスは伊達《だて》ではないのだ。

反対に、セティがシンたちと同じことができるかと問われると難しい。

これについては、接近戦に重点を置いているシュバイドやフィルマに、セティのような魔術戦をやれと言っているようなものだ。セティが武器を接近戦用に持ち替えても、同じ動きはできない。

そもそも、シンとシュニーが万能すぎるのである。

近距離、中距離、遠距離どれでもいけるなど、この世界で戦いに携わる者なら誰でも羨むのは間違いない。

そんなセティも、並の選定者程度なら軽くあしらえるのだから、やはり普通ではないのだが。

「話をしながら戦ってるのに、モンスターがどんどん減ってるよ……」

ティエラと同じく、爆炎を眺めながらミルトが言った。ミルトも近距離重視なので、今回のような魔術戦では出番がない。シンが警戒役に回したのもそれを知っているからだ。

「本当に、ただ数が多いだけって感じだからな……」

何がしたかったんだろうか。そんなことを思いながら、シンは返す。

正面のモンスター群に関してはシンもほとんど手を出していないようなもの。セティの攻撃でほぼ壊滅している。

シンも迎撃はしたが、必須だったかといわれるとそうでもない。手を出さなかったとしても、モンスターがシンたちの乗る馬車に辿り着くことはなかっただろう。

「私たちを狙っていたように見えましたが、始めから用意していたというわけではないのでしょう。数を投入しての消耗を狙ったといえるほどの効果もないですし」

シンの発言に、シュニーは爆炎の中で落ちていくモンスターの残骸を見ながら言った。セティが【レッド・クラスター】を展開したあたりで、今の状況を予想していたのだろう。

本気で消耗させたいならば、それこそ『大氾濫』クラスの数をそろえなければ意味がない。消費したMPも、移動中に余裕で全回復だ。

「もともとはイレブンの聖地攻撃用か」

「おそらくは。みたところ、空に対する備えは見当たりませんでしたから」

「壁の上にバリスタとかなかったか？」

「見えた範囲だけなら、なかったですね」

イレブンの聖地はシンの知る元の都市・アルガラッツと構造的な違いはほとんどない。外壁を含めてそのまま使っているならば、対空兵器もあるはずだった。

「壊れたのか、取っ払ったのか。そもそも聖地は元の都市をそのまま使ってるのかって疑問もあるか」

見た目が同じだからといって、都市そのものを流用しているとは限らない。見た目をコピーしただけという可能性もある。それはそれでなぜという疑問がわくのだが、あとでイレブンに聞けばいいだろうとシンは疑問を保留にした。

「全部倒しちゃったけど、この後はどうするの？」

「邪魔が入らないなら、さっさと隣の聖地に向かおう。ゆっくり行く理由もないしな」

警戒はしたままで、速度を上げるよう馬車を引いているカゲロウに頼む。

馬車はシンの特別製なので、カゲロウが全力で引いても壊れない。もちろん、中はほとんど揺れず快適だ。

「モンスターの姿がないわね。セティが倒したので全部ってことはないと思ってたけど」

「聖地の周りはモンスターが多かったが、距離があるとそうでもないのかもしれんな」

周辺に目を凝らしていたフィルマに、シュバイドが同意する。遠距離戦ではあまり活躍できなかった代わりに、移動中も周囲に異変がないか見てくれているのだ。

「野生のモンスターはいないのでしょうか」

「レベル500超えがうようよしている場所らしいからな。しかも、同じ種族でも襲ってくるときてる。低レベルのモンスターは生き残れないいんじゃないか?」

姿を隠すか、逃げることに特化していれば可能かもしれないが、そうでなければ難しいだろうとシンは思う。

「そういえば、モンスターって最初から強いやつもいるんだったか。それならいけるか?」

「この辺、魔力の流れ、変。たぶん無理」

「そうなのか?」

ユズハの言うことなら間違いないだろうと、シンは魔力操作の応用で周辺の魔力を探る。

探索系のスキルとは違い、まだぼんやりとした感覚だ。集中しないといけないので、まだ今のように余裕のあるときにしかできない。

以前、スキルはダメでもこれなら少しはましなのでは？　とセティに聞いたことがあったが、「自分の魔力を周囲と同調させる感じよ。こう、優しく、ふわっとやるの」とじつに難解な説明を頂戴《ちょうだい》している。内容そのものがふわっとしていてシンにはさっぱりだった。

「やっぱり、まだ魔力視に頼らないと難しいな」

魔力を見る魔力視は感覚的な魔力の流れを一部ではあるが見ることができる。なので、シンはそれを魔力の流れを感じる補助として使っていた。

大抵は目に優しい半透明な輝きの光が帯になって見え隠れする。しかし、ここではわずかな光が瞬いては消え、弾けては集まりと安定しない。

ユズハの言う変な魔力の流れというのはこれのことだろう。魔力視以外の感覚も、掴めそうで掴めないもどかしい感覚だけが返ってくる。

「ん？　この先、なんか変じゃないか？」

それでも集中して何かわからないか探っていたところ、少しだけ魔力の流れが安定しているように見える場所があった。【遠視】でその方向を見てみると、少し景色も変わっている。

「あれって、砂漠だよね？」

「……だな」

同じく【遠視】で前を見たミルトが聞いてくる。

遮蔽物《しゃへいぶつ》のほとんどない、凹凸《おうとつ》の激しい地形。岩と少しの木々があるだけの荒野を進んでいたシンたちの前に現れたのは、現実世界でも備え無しでは越えられない危険地帯だった。

硬く容易に砕けない大地と形をとどめない砂の大地がぴったりと隣り合っている。ここから先は別エリアとでも言うように、はっきりと境界が分かれていた。

「話には聞いてたけど、これが砂漠」

今までの荒野とはまるで別物の大地の姿に、ティエラが感嘆の吐息を漏らす。知識で知っていても、実際に見るのは初めてなのだ。

「砂漠の先に聖地があるという話でしたね」

「ああ、一応情報どおりか」

イレブンから聞かされていた情報の中には、守護者だけでなく聖地やその周辺のことも含まれていた。あくまで情報共有がなくなる直前までのものと念押ししていたので、合っていたらラッキー程度の感覚だった。

アルガラッツの隣の聖地は砂漠のど真ん中にあるのだ。

「少し止まってくれ」

カゲロウに声をかけて、砂漠の手前で一旦停止する。

雪道や沼などもそうなのだが、悪路《あくろ》は相応の対策をしないとひどい目にあう。馬車が横転したり動かなくなったりと、多くのプレイヤーを悩ませた。

特別製だけあって、そのまま走れないほどシンの馬車はやわではない。

とはいえ、走りにくくはなる。なので、シンは車輪を重さで砂に沈まない、傾いたときに横滑りしないなどの対策を施された砂漠仕様に付け替えた。

カゲロウにも、砂に足をとられないように装備を取り付ける。名を『踏破の獣爪』という、カゲロウのような鋭い爪を持つ四足獣タイプモンスターにつける装備だ。

モンスターのタイプによって名前と見た目が変わるが、効果は同じ。もし馬車を引くのが馬のモンスターなら『踏破の馬蹄』となる。

「本当に、これ全部が砂なのね」

シンが車輪を付け替えている間に、ティエラが砂漠の砂を手ですくって風に流している。

ベイルリヒトから旅をしているが、砂漠を通るのは初めてだ。単純に暑い、寒いといった変化や季節の移り変わりで見ることのできる雪と違い、そういう場所に近づかなければどういうものか体感することがないのが砂漠だ。

現実と違い、テレビなどない世界。その光景は、現地人の想像力を超える。

「なるほどね。これは歩くのも大変そうだわ」

地面に触れて、その硬さを確かめるティエラ。

ゲームだったころは全身を鎧で覆うような盾役のプレイヤーなどは、重すぎて砂に足が沈みまともに動くこともできなくなっていた。

境界にまたがるようにして片足を砂の大地につけて少しずつ体重をかけていくティエラを見て、シンも確かめておいたほうがよさそうだと思った。

「前より動きにくいな」

車輪を交換してから砂漠に入って軽く動いてみると、ゲームだったころよりも動きにくいことがわかった。

足に装備する武具は、等級が高いほど悪路での動きにくさも緩和される。しかし、やはり滑るものは滑るし、沈むものは沈む。

盾を構えた状態でシュバイドに軽く一当てしてもらうと、普段の倍以上後退した。

「これ、かなり戦いにくいんじゃない？」

「だな。こりゃ、前以上にしっかり対策する必要がありそうだ」

フィルマの言葉にうなずき、全員の足装備をはずしてもらう。

シンの作る装備にはあらかじめ一定の余裕を残してある。これはシンだけでなく、上位の鍛冶師ならほとんどがやっていた小技だ。

今回のような砂漠や雪原、沼地など足場の悪いフィールドに対応するための付与は、必要とされる武具の空き容量が非常に少ない。

なので、大抵はちょっとした付与ができるだけの余裕を残す。そして、それぞれのフィールドに対応した付与を付け直すのだ。

こうすることで、同じ武具で様々なフィールドを冒険することができる。もちろん、足場以外の要因はどうにもできないので、限度はあるが。

「付与ひとつで随分違うね。普通の地面を歩いてるみたいだよ」

「前より動きにくくなってる分、快適に感じるんだろうな」

感心するミルトにそう返しながら、シンも改めて砂地を踏む。ミルトの言うとおり、付与をする前の沈み込む感覚はなくなり、しっかりと地面を踏みしめている感覚があった。

「ところで、日差しがかなり強くなったと思うのは気のせいかな？」

「いや、間違いないだろ。装備の影響で多少緩和されてるのにめちゃくちゃ暑いぞ」

動きやすさを確認し終えた後に、ミルトが手で日差しを遮りながら言った言葉にシンも同意する。

正確な数値を測っているわけではないとはいえ、境界線を越えてから体感温度が上がっているのは間違いない。肌を焼く日差しの強さも同様だ。

「言われてみると、肌が少しひりひりするわ」

「あたしはそうでもないけど、暑くなったのは同感ね」

腕や足が思い切り露出しているティエラとフィルマが、それぞれ感じていることを話す。感じ方の差は、装備の質の違いとステータスの差あたりが影響しているのだろう。

「マントを用意したほうがいいだろう。強い日差しは想像以上に体力を奪う」

「そうだな。皆、これを使ってくれ」

シンが取り出したのは砂に近い色合いのマントだ。

首もとの布をボタンで留めれば口元まで隠れるようになっているので、あとはフードをかぶればほぼ全身を隠してくれる。

おまけに炎術と水術を付与することでマント内の温度を調整する機能もあるので、昼の暑さだけでなく夜の寒さにも対応可能だ。

「自分のよりシンさんのやつのほうが快適だ～」

真っ先に暑さを指摘したミルトは、ちゃっかりシン提供のマントを羽織って心地良さげにしていた。

自前のものもあるらしいが、砂漠用装備は使用頻度の低さからとりあえずその場がしのげる程度のものしかないらしいので、シンも取り上げようとは思わない。

シンは生産職であり、いろいろこだわって作っているから装備が充実しているのであって、戦闘職のミルトにそこまで求めてはいない。

実際、砂漠用の装備をしっかり作って重点的に攻略しようというプレイヤーは少なかった。

ミルトが高品質の砂漠用装備を持っていたら、感心していたところだ。

全員の足元問題が解決したことを確認して、シンたちは再出発する。

聖地に近づくほどモンスターが増えるとイレブンは言っていたが、アルガラッツを出るときに倒したモンスター以外、ほとんど襲われることはなかった。

「私たちが向かっていることを察して、手勢を集めているのでしょうか」

「ありえる話だ。シンが最初に戦ったグリフォンタイプはひたすら襲ってきたという話だが、こちらはそういう手合いではないのは間違いあるまい」

イレブンの話し方や考え方は、人と大きく違うという印象はない。イレブンがあれだけものを考えられるのだ。モンスターを使ってアルガラッツを監視していたと思われる隣の聖地の主も、同じだけの思考が可能でもなんらおかしくはなかった。

「でも、植物系のモンスターを基にしているのに、周囲のフィールドが砂漠っていうのはどうなのかしら？　あたしは密林フィールドみたいなのを想像してたんだけど」

「これはこれで、私たちはやりにくいと思うけど。足場が悪いうえにこれだけ見晴らしがいいとか。狙う側からしたらすごくやりやすいじゃない」

フィルマの疑問もセティの懸念も、もっともな話だ。

なぜ周囲が砂漠なのか。それはイレブンもわからないと言っていた。

「基にしてるっていっても、あくまで基礎部分だけってことなんじゃないかな？　イレブンもただのフェイスマンもどきじゃないでしょ」

「そうだな。違うのは考え方だけなんてことはないだろうよ。聖地の周りがほとんど変わってないのも、理由があるのかもな」

ミルトの指摘にシンも同意する。

情報提供の際にイレブン自身の能力についても多少触れていたが、それらはフェイスマンの持つ能力に過ぎなかった。今まで戦った守護者のことを考えれば、独自の能力を持っているのはほぼ間違いない。

アルガラッツの周辺に関しては、上陸してから続いていた荒野といくらかの木々が生える程度。目の前に広がる砂漠のように、環境が様変わりしているようなことはなかった。

イレブンからの情報によると、今シンたちのいる砂漠だけではなく、向かっている聖地のさらにその先、ゴーレム系モンスター、アラハバキを基にしているという守護者のいる聖地周辺もまた、荒野とは大きく様変わりしているらしい。

こうして見ると、イレブンの聖地周辺だけが変化がなさすぎて逆に浮いている。それもまた、何か意味があるのかもしれない。

「おっと、カゲロウどうした？」

意見交換をしていると、走っていた馬車が急に速度を落とした。ほとんどカゲロウ任せだったのでシンも意見交換のほうに集中していたのだが、何事かとカゲロウに問う。

カゲロウは小さく鳴くと、ゆっくりと馬車を進める。向かう先は、少し高い丘のようになっている。おかげでその先が見えなかった。

このまま進めばさほど時間もかからずに丘を登り終える。カゲロウに慌てている様子はなかったので、シンはとくにスキルは使わずに待った。

「とくに変わった様子はないような？」

丘の頂上で、カゲロウは馬車を止めた。

遮《さえぎ》られていた先の光景は、相も変わらず一面の砂、砂、砂。今までも同じような地形は越えてきているので、地形的な問題というわけではないはずだ。

わかりやすいくらい速度を落として止まったということは、この先に何かあるのかもしれない。

「ユズハ、通訳を頼む」

「くぅ！」

2匹がグルグル、くぅくぅと鳴き合い始めたところで、砂漠を見ていたシュニーが何かに気づいたようにはっと表情を変えた。

「少し試してみてもいいですか？」

「ん？　ああ、大丈夫じゃないか？」

変なことはしないだろうとシンはうなずく。シュニーは前にすっと手をかざし、魔術を発動させた。

土術系魔術スキル【ロック・バレット】。

ラグビーボールくらいの岩の塊を撃ち出すスキルだ。加減しているようで速度は遅く、数メル進んで重力につかまった。砂漠に岩が落ちる。

「……沈んでいく？」

落ちた【ロック・バレット】はそのまま数秒で砂に沈んでしまった。

いくら7属性の中でも質量の大きな術が多い土術系とはいえ、ただの砂漠でここまでの速さで沈んだりはしない。

「あの辺から先が、今までの場所と違うって言ってるよ」

タイミングよく、ユズハがカゲロウの言葉を伝えてくれる。

ユズハが前足で指し示したのは砂丘を下った少し先あたり。

ずっと似たような光景を見ていたので気づくのが遅れたが、言われてみるとそこから先はシンたちが登ったような場所がなく、全体的に平坦な砂地のように見える。

さらに注視すれば、それらはところどころへこんだり膨れたりと変化しているのもわかった。

「これ、砂海だよね……」

「ああ、どうやら厄介さは一段上になってるみたいだな」

砂漠の変化を察したミルトが、盛大に顔をしかめている。

ミルトほどではないが、シンやシュニー、シュバイドといった面々も似たようなものだ。理由がわからずに首をかしげているのは、砂海を知らないティエラとカゲロウだけである。

「シンがそんな顔するくらい危険なところなの？」

「そんな顔っていうのがどんな顔なのか気になるんだが」

そんなに変な顔をしていただろうかと、シンは手で顔を触ってみる。さっぱりわからなかった。

「まあまあ、些細《ささい》なことは置いておいて」

「些細なこと……」

「砂海っていうのはね。一言で言っちゃえば海の水が砂になったって表現が近いんだけど、当然普通の海とは違うわけでさ。単純に海用の装備を身につければいいってわけでもなくて、かといって砂漠用の装備じゃ対処できないっていう、とにかくめんどくさい場所なんだよ」

シンのことをさらっとスルーしながらミルトはかなり大雑把《おおざっぱ》な、しかしそう言う他ない説明をする。

あり地獄のようなただ沈んでいく場所もあるが、大部分はまるで水のようにうねり流れるまさに砂によって形作られた擬似《ぎじ》的な海。

それが、シンたちの目の前に広がっている光景の正体だ。

本当の海のように生態系も存在し、ゲーム時は魚型のモンスターやそれを捕食する鮫や鯨のようなモンスターが多くいた。

「砂海の砂はとてもさらさらしていて、触れると本当に水のように手の中からこぼれていきます。砂漠側の砂と比べると違いがよくわかりますよ。ただ、水のように感じるとしても泳げると錯覚しないように注意が必要です。スキルか装備の恩恵がなければ泳ぎの上手い者でも簡単に溺れるほど水中、いえ、この場合は砂中とでも言うべきでしょうか、は非常に危険で単独での脱出は困難です。水中と違って、自然に浮き上がることもないですし」

「そうね。昔は砂海に落ちたら死んだと思うのが、常識だったわ。前に海に潜ったじゃない？　砂に引きずり込まれるときってあの真っ暗な中に吸い込まれる感じに近いわ」

「えぇ……」

シュニーがした追加説明にフィルマが遠くを見つめながら相槌を打つ。おまけとばかりに引きずりこまれる怖さを臨場感たっぷりに話すものだから、それを聞いたティエラは顔色を悪くしながら砂海から距離をとっていた。

「今日はここで野営だな。さすがに聖地の中までは砂海に呑まれちゃいないだろうけど、今日中に陸地につけないと砂海の上で夜を明かすことになる」

それは勘弁だと、シンは馬車をしまった。

「シンが嫌がるって、一体何があるのよ?」

「何があるっていうか、いるんだよ。前にバルバトスで出した船があったろ? あれを軽くひと呑みにできる様なモンスターが」

ゲーム時代のことなので、ここにいるとは限らない。だが、いても何の不思議もない環境だ。まさか自分たちで試す気にもなれない。

モンスターの名前はラージ・ヘッド。鯨をさらに巨大化させたようなモンスターだ。

頭部の側面から前方に向かってねじれた角が2本あり、そこから魔力の波を発生させて獲物を発見する。

昼に餌、もしくは餌場を探し、夜に狩りをする習性を持つ。そのため、掲示板で周知されるまで、プレイヤーがひっそりと追跡され、砂海の上で船を停止させて休んでいるときに一呑みにされるという事件が少なくない数起こっている。

だからといって、昼が安全かと言われるとそうも言いきれないのだが。

「深海も怖かったけど、砂海も怖い……」

バルバトスの話から深海へと潜ったときのことも思い出したようで、少し震えていた。光のない闇の世界は、砂海の中に落ちたときと似たものがある。

「対策はするから安心しろ。出発は明日の朝、シュニーたちの装備は俺が点検して渡す。ティエラとカゲロウ、ユズハはこれからフィッティングして術式の付与だな」

「よろしくお願いします」

緊張した様子でかしこまるティエラに、少し怖がらせすぎたかと思うシン。

しかし、危険なのは本当だ。今のティエラはステータスも上級選定者をしのぐほどだが、それでも砂海に落ちればほぼ詰む。

足の装備が砂漠仕様になっているので即座に沈むことはないが、落ちてから沈むまでのわずかな時間に対処できなければ砂に呑まれるだろう。

砂海で最も注意しなければならないのは、落ちたものを逃がすまいとするかのような拘束力だ。

しっかりとした陸地にいる状態で手や足を少し沈めるくらいならば、感じ方は海と変わらない。むしろ、濡れない分肌触りはいいかもしれない。

しかし、それが油断の始まり。陸地から離れたとたん、一気に引きずり込もうとしてくる。

プレイヤーの間では陸地との接触面積で効果が変わるのではないか、砂そのものが特殊な素材なのではといった検証がされていたと聞いている。

「ミルトはどうだ？　不安があるなら見るぞ」

「よろしくお願いします！」

ティエラだけでなく、ミルトもかしこまっていた。しかもティエラよりはるかに力強いお願いっぷりだ。砂海で何か嫌な体験でもしたのかもしれない。

「了解だ。じゃあ、『月の祠』を出すか」

砂海と砂漠の境界から少し距離をあけ、シンは『月の祠』を具現化する。あまり近すぎると砂海からモンスターが出てきたときに対処しづらいのだ。

「では、私は食事の用意を」

「あ、それなら私も手伝う」

少し早いが、出来上がるころには夕食をとってもおかしくない時間になるだろう。妖精郷では自分で料理をしていたセティも、調理場に向かうシュニーについていった。

「我は周囲の警戒をしていよう。結界があるとはいえ、ここは敵陣のようなもの。警戒の手は緩めぬほうがよいだろう」

「だったら、あたしもそっちね。料理はお皿を並べるくらいしかできないし」

シュバイドとフィルマは武器を手にして外に出ていく。

砂漠のほうにも地下から襲ってくるモンスターはいる。また、気配はないが守護者の根が近づいてこないとも限らない。

まあ2人なら心配はないだろうと、シンはその姿を見送った。

「さて、俺たちは装備の用意だな。シュニーたちの分は点検するだけだから、先にティエラたちの分をすませよう」

シンはティエラたちとともに鍛冶場に移動する。

付与については鍛冶場でなくともできるにはできるが、やはり装備に関する作業をするなら鍛冶場が一番やりやすかった。この世界では装備作製者の精神状態が装備の出来に影響するなんて話もあるので、もしかするとそれも関係しているのかもしれない。

誰からやるかという話になり、説明も兼ねてティエラからでどうかという話になった。

「専用の装備を作らなきゃならないほど、危険なのね？」

「ああ、フィルマが言ってたように、普通の装備じゃ砂海に落ちた時点で死んだと思わないといけない。それくらい、脱出が難しいんだ。俺たちならスキルを使えば何度かは強引に脱出できるだろうけど、砂海に落ちるなんて状況なら間違いなく戦闘中だ。脱出したけどモンスターに攻撃されてまた砂海に落ちるなんてことも十分ありえる。あと、脱出したのはいいけど船や陸地まで戻れなかったなんてこともある」

砂海でのプレイヤーの死因は、モンスターの攻撃とそれによる砂海への落下が同じくらいだと聞いたことがある。

シンも脱出しようとしたらモンスターの攻撃を受けて沈んだことがあるので、おそらく間違いないだろう。モンスターもそうだが、最大の敵は環境そのものだ。

「環境適応のためにリソースを割かなきゃならないから、装備の質は多少だけど落ちる。今はマントがやってくれてる温度調節とか、砂漠に入る前につけた砂地用の補助術式の強化版とかだな。あとは、砂海に落ちたときの緊急脱出用のスキルとか」

装備者を近くの船や陸地といった足場のしっかりしたところに転移させる術式だ。有効範囲内に転移できる足場がないと意味がないが、あるとないとでは大違いである。

「あ、うん。それは欲しい、すごく欲しい」

緊急脱出の説明を聞いて、ティエラはしきりにうなずいている。フィルマがしていた引きずりこまれる恐怖体験を思い出しているのだろう。

「それで、だ。装備なんだが、とりあえずシュニーたちの予備を着てみて欲しい。それで問題なければ多少調整するだけですむ。ダメなら、一から作り直しだ。ステータスは上がってるって話だし、もしかするとすんなり着られるかもな」

シュニーたちの予備はすべて古代級《エンシェント》。

武器や防具の中には、同じ等級でも要求ステータスに若干の差がある。

質が高いほど要求ステータスは高い傾向にあるので、ティエラとミルトはステータス不足によるペナルティがつく可能性があった。

「……シン。これ、冗談じゃないのよね？」

「デザインについては予備だから変更はしていない。砂海仕様のデフォルト、標準的なものだぞ。

もう一度言うが、手は加えてないからな？」

具現化した装備を見て鋭くなったティエラの視線を受けて、シンは特別な意図はないと主張する。

「アラビアンテイストっていうと、その国の人に怒られそうだよね。女性プレイヤーからは、賛否両論あったよ」

ミルトも擁護《ようご》はできないと思っているようで、苦笑いだ。

腰から下はゆったりしたズボンなのだが、上半身が胸を覆う一枚布に口元を隠す半透明のベール、手首につけるブレスレットという、ちょっとその国の文化を勉強しなおしてこいといわれそうなデザインである。ちなみによりセクシーな踊り子風のものまであった。

男性用も似たようなもので、下半身はほぼ同じデザイン。上半身は羽織物1枚にターバン風の帽子である。

「アマゾネスシリーズと混同してる人もいたね」

「上半身が布1枚なのは同じだからな。こっちのほうが多少、布が大きめだけど」

どちらにしろ扇情的《せんじょうてき》なのは変わらない。ミルトやティエラのように体の一部が豊かな女性だと、とくに顕著《けんちょ》だ。

「見た目はいじれるから、もう少し大人しいデザインにできるぞ？」

上半身用の一枚布をTシャツのようにしたり、羽織を足したりとデザインを変えて露出を減らすことは十分可能だ。

あくまで予備なので見た目がデフォルトだが、一から作る特注ならさらに自由度は上がるので見た目はほとんど別物にできる。

「僕はこのままでいいよ。状況的にここにいる人以外に見られることもないしね。それにこっちのほうがシンさんも嬉しいでしょ」

ミルトはにやにやしながら聞いてくる。

女性プレイヤーがセクシーな装備を身に着けているのを見るのが楽しみ、というプレイヤーもいたので、ミルトの言うこともあながち間違いではない。

「シュニーの笑顔が怖くなるからそういうからかいはやめい。全身布でぐるぐる巻きのミイラみたいなデザインに変えるぞ」

ミイラといっても、細長い布を適当に巻いたようなとても不恰好なデザインになる。ゲーム時代もネタ以外でそのデザインにしているプレイヤーを見たことはない。

「あれかー。1回着たことあるけど、なんでか動きづらさはないんだよね」

「あくまで変わるのは見た目だけだからな。それで、ティエラはどうする？　そういうデザイン、あまり好きじゃないだろ？」

カゲロウシリーズのデザイン変更をしたときも、露出を気にしていたティエラだ。今回の砂海仕様は間違いなく気にするだろうとシンは思っていた。

「えっと、一回着てみてもいいかな？」

「ああ、なら、俺は外に出てる。終わったら呼んでくれ」

思っていたのと違う反応を見せたティエラだったが、自分が変更を勧めるのも変な話かとシンは鍛冶場から出る。少しして声がかかったので鍛冶場に戻るとシンの渡した装備に身を包んだ2人の姿があった。

「自動でサイズを合わせてくれるって、ほんとに楽だね。しかも揺れまで抑えてくれる。やっぱり、この手の付与はシンさんにやってもらうに限るね」

「秘伝書で習得して、熟練度を上げれば自分でもできるぞ？　防具じゃない普通の服に付与するなら十分だろ」

両腕で挟まれて強調される胸元から視線をそらしつつ、シンは言った。胸を強調するポーズはわざとに違いないが、指摘するとまたいじってきそうなので言及はしない。

サイズ自動調整機能の付与は、スキルを習得した直後では、希少《レア》級程度までしか付与が成功しないのだ。

ただの服なら問題ないと思ったシンだが、ミルトは自分で習得する気はないらしい。

「シンさんにやってもらうのが重要なのさ。こう、包まれてるって感じがするんだよね」

「さいですか」

似たような台詞を罪源の悪魔の1人が言っていたような気がしたが、それも頭の中で考えるにとどめた。

「ただ、少し体が重いかな。この感じだと、ペナルティが発生してるんだと思う」

ミルトもステータスが上がっているはずだが、それでも足りないようだ。

ステータスを確認すると、ＶＩＴが足りない、となっていた。すべての項目が足りないわけではないので、ペナルティも少ないようだ。

「ペナルティは一部が足りないだけでも結構でかい数値が引かれてたはずだけど、こっちじゃ違うのか」

「かもね。僕もこっちでペナルティを受けるのは初めてだから確証はないけど」

ゲーム時に装備でペナルティを受けたときの感覚は、体が重くなったように感じるという点で今回と同じだ。ただし程度に差はなく、ステータスが１足りないときだろうが１００足りないときだろうが、同じ感覚だったとシンは記憶している。

「はっ！　一から作るということは、シンさんに全身くまなく採寸してもらわないといけないのでは⁉」

「んなわけあるか」

サイズ自動調整機能があれば、もとが長身の女性に合わせて作られた衣装も、小柄な少女にだって着られる。

逆に、少年に合わせた衣装を巨体の男が着ることもできる。普通は作る装備に合わせて採寸する必要があるのだが、シンの装備に関してはその必要はなかった。

「ティエラはどうだ？」

気のない返事にぶーぶー文句を言うミルトは放っておいたまま、シンはティエラに確認する。

サイズ自動調整機能はこちらにもついているのであとは着心地や動きやすさ、そして見た目が気になるところだろう。

「動きやすさは大丈夫。シンに借りてる装備で違和感があったことはないし。でも、私も少し体が重いわ」

ミルトがダメだったのでもしやと思っていたが、ティエラもかとシンは思案する。

ティエラのステータスは、ゲーム時代のシュニーたちのステータスにかなり近づいている。

要求ステータスはそこまで高くなかったはずだがと思うが、実際にペナルティが発生している以上、作り直すしかなさそうだ。

「それで、えっと……」

作り直すなら見た目を変えたほうがいいか、とシンが考えていると、ティエラは少しそわそわした様子で視線を床や壁に向ける。

何か言いたそうにしているのはわかったので、少し待つことにした。

ティエラが口ごもっていたのは時間にして10秒程度。最後は思い切ったようにシンに向き直り、口を開いた。

「どう、かな？」

そう聞いてくるティエラのほほは赤く染まっていた。伸ばした左腕の肘を右手で握り、俯《うつむ》きぎみの上目遣い。

いつもと違った服装と態度に、さしものシンもドキリとした。何を問うているのかなど、考えるまでもない。

「……似合ってる、と思う」

「……っ‼」

無言はまずいと何とか褒め言葉を絞り出す。それを聞いたティエラは、顔が真っ赤だ。湯気でも出そうな勢いである。

シンがこのあとどうしようと困惑していると、突然ミルトが背中に抱きついてきた。腕を首に、足を胴にまわし、体を密着させてくる。

「僕のこと放っておいて、2人でいい雰囲気になるのはひどいんじゃない？」

「そういうつもりじゃないんだけどな……というか引っ付いてないで離れろ」

「いーや」

肩に顔を乗せてささやくようにつぶやいてくる。

耳に吐息が当たってくすぐったかった。しかし、それよりもはるかに意識を持っていかれるのが、背中に伝わる温かさと柔らかさだ。

ミルトも砂海仕様の装備のままなので、シンとミルトに挟まれた双丘《そうきゅう》の形が変わる感触が嫌がおうにもよくわかる。

「【柳投げ】っ‼」

これ以上は冗談ではすまなくなると、シンは非殺傷のスキルをあえて技名を叫びながら発動した。ミルトの体が嘘のようにするりと離れ、空中で一回転してシンの腕の中に納まる。

「……まさかこんな形でお姫様抱っこを体験することになるとは」

本来はダメージなしとはいえ地面に叩きつける技だ。さすがにそれはまずいだろうとキャッチする形に落ち着いたのだが、これまた反応に困る。

「そろそろふざけるのはやめろ。それでだ。ペナルティが出てる以上作り直すしかないんだが、デザインはどうする？　作る身としてはデフォルトのほうが楽だけど、変えるとしてもたいした手間じゃないから要望があれば対応するぞ？」

シンが作製依頼を受けた中で、女性プレイヤーは大半がデザイン変更をしている。

そのまま、もしくはよりセクシーなデザインにしたのはほんの一握りだ。なので、露出を抑えたデザインというのはサンプルもそれなりにそろっているのである。

「んー、そうだなぁ。あ、シュニーさんたちのって、どういうデザインなの？」

「シュニーたちか？　ちょっとまってくれ」

砂海用の装備は滅多に使わなかったので、シンもどんなデザインにしたかうろ覚えだった。カード化した装備をアイテムボックスから取り出し、絵柄を見て――凍りついた。

シュニー用とフィルマ用の装備は、頭から背中あたりまである薄いベールにビキニ、これまた薄いベールが腰の前後についているだけという、セクシーな踊り子風になっていた。

自分が一体なぜこんなデザインにしたのかと困惑するが、きっと誰に見せるものでもないし、欲望のままに変えたんだろうな、と納得した。

セティのデザインだけデフォルトなのは、きっとそういうことなのだ。

「ほほう。これはまた随分と大胆なデザインですなぁ」

「く、言い訳できねぇ……」

お主も悪よのうとでも言いたげなミルトに、シンはぐぬぬと呻《うめ》くことしかできない。

他の『六天』のメンバーでもシンの知らぬ間に装備のデザイン変更などできないのだ。設定したのはシンで間違いない。

「じゃあ、僕もこれで」

「本気か?」

シュニーたちにもどやされそうだなと思っていたので、それを言うミルトに確かめずにはいられない。

「だって、シンさんの好みっぽいし」

「ぐ、現物があるから違うと言い切れん……」

気持ちはわかるよと言いたげなミルトの視線が痛い。

妙に大人しいユズハの視線も痛いし、何より背中から感じるティエラの視線が痛い。しかし聞かないわけにもいかないので、恐る恐る振り返って話しかける。

「ええと、ティエラはもっとこう、大人しいデザインがいいよな？　候補は結構あるから、その中から選んでくれると助かるんだが」

無言で手の中のシュニーたち用の装備を見るティエラに、シンは内心びくつきながら提案した。

ミルトはともかく、ティエラは本気で軽蔑《けいべつ》してきそうで恐ろしい。嫌な汗がでまくりである。

「……私も」

「え？」

「私も、それで」

表情を変えずに、ティエラはシュニーたちの砂海用装備を指差して言った。

「マジで？」

「よろしく」

そう言うと、ティエラは鍛冶場から出て行った。

フィッティングに関しては、予備の分でわかったようにサイズ自動調整で問題ない。

デザインも同じでいいのなら、ティエラがいなくても、あとはシンだけで作製は可能だ。

とはいえ、ここで後はやっておいてと言って出ていくのはちょっとティエラらしくない。

「耳、真っ赤だったね」

「だな」

顔の赤みは引いていたが、耳までは対応しきれなかったようだ。扉は閉まっていても、その向こう側で動きが止まっているのはシンたちにはわかっていた。

聞き耳スキルが「なにやってるのよわたしぃ……」と消え入りそうなささやきを拾ってくる。恐らくまた顔まで真っ赤になっていることだろう。

「聞こえてたのは言わないでおこう」

「そうだね」

聞かれていたと知ったらどんな反応をするか見てみたくもあるが、さすがに自重した。

「で、様子がおかしかったのに心当たりは？」

「ええと、たぶん僕のせい、だと思う」

「おい。まさかやけに絡んできたのって」

ティエラを挑発していたのか。そう視線で問いかける。そう考えると、ティエラが服の感想を聞いてきたのも納得だ。

「そういうわけじゃないんだけどさ。結果的にそうなっちゃったっていうか。こんなに行動的になると思ってなかったっていうか」

「何か聞いたな？」

「ええと、ティエラちゃんの呪いをシンさんが解いたっていうのを少し」

かつてティエラにシンの過去を話したとき、ミルトのことも話している。だからなのか、ティエラもミルトに呪いのことを話したらしかった。

「ティエラちゃんの様子を見た感じ、シンさん、他にも何かやったんでしょ？」

「なんでそう思う」

ドキリとしたのを表に出さないように、聞き返す。

「確かにさ、ずっと自分を縛ってた呪いを解いてくれた相手が気になっちゃう、というか恋しちゃうことって別におかしくないと思うんだ。でもさ、ライバルはあのシュニーさんだよ？　しかも、もうシンさんとくっついちゃってるじゃん。プレイヤーならともかく、こっちの世界のエルフは一夫一妻だし、普通は諦めるよね」

エルフとて人だ。横恋慕《よこれんぼ》や略奪愛といったものがまったくないわけではない。

だが、この世界のエルフは、想い人が別の相手と相思相愛となれば諦めるのが普通である。ティエラも里を追われる前はそういった価値観の中で生きてきた。

ならば、単純に恋焦がれるだけではない何かがあったのだろうと、ミルトは予想したらしい。

「何もなかった、とは言えないな」

「ほほう。そこのところ詳しく」

「言えるか」

「そこはほら、同郷の誼《よし》みというやつで」

ミルトのノリは軽い。ただ、問い詰める様子には今までにない迫力があった。

「ティエラちゃんに聞いてもいいんだよ？」

「わかったわかった。話せばいいんだろ」

ミルトの一番の理解者でもあったマリノのこともある。なので、シンはヒノモトで起こったことを素直に話すことにした。

「なるほどね。となると、気になってるけど本気で奪いにいくほどではないってところか」

シンの話を聞いて、ミルトは顎《あご》に手を当てながらそんな予想を口にする。

「いや待て、俺はシュニーと結婚宣言までしてるんだぞ？　チャンスがあるとか思わないだろ」

ティエラの行動のもとになっている一番の原因は、ほぼ間違いなくヒノモトでの一件だろうとシンは思っている。

ただ、あれはティエラに宿っていたマリノの影響が強くあった。もうマリノはいない。彼女の影響は完全に消えているはずだ。

今まで生きてきた中で培《つちか》った価値観を変えるほどの要因など、ないはずだった。

「はっはっは、シンさんはわかってないなぁ」

「何をだよ？」

しょうがない奴だと言いたげなミルトに、シンは問う。見過ごしたものでもあるのだろうかと考えるが、これといったものは浮かばなかった。

「恋とか愛とか、そういうものは種族の価値観とか人生観とか、常識だって吹き飛ばしちゃうんだよ。ちょっと方向性が違うかもだけど、シンさんにも覚えがあるんじゃない？　それが原動力になれば、人は禁じられたことだって平気でやるんだから」

「……あぁ、納得だ」

ミルトの言葉に、シンは反論できなかった。自身もまた、愛ゆえにその手を血で染めたのだから。

「でも、それなら受け入れられないってさっさと言ったほうがいいんだろうか？」

「ティエラちゃんがどこまで本気かわからないからなぁ。もしかすると、諦めてるけどついみたいなのもあるかもだし」

種族の価値観を超えるほどの情念はないものの、かといって素直に諦めきれない。そんな状態なのかもとミルトは言う。

さすがにティエラの態度から内心までは読みきれないようだ。

「ま、本気ならそれはそれで味方に引き込めるからよし」

「よしじゃねぇよ」

２番目がどうという話をまだ諦めていなかったのかとシンは突っ込む。

「僕はピクシーだけど、こっちの価値観なんて気にしてないからね。問題ないのさ！　ハーレム目指しちゃおうぜ！」

「目指さんわ！」

ぐっと親指を立てるミルトに、チョップを入れる。複数の女性に手を出す気は、シンにはさらさらない。

「前から思ってたが、何でそんなにこだわる？　男女の関係ってやつがすべてでもないだろ」

再会してからのミルトの言動を思い返して、シンは問う。

先ほどミルト自身が言った、恋や愛とは違うように感じたのだ。

過去を共有する人と一緒にいたいと考えたとしても、それはミルトの言うハーレムにこだわる必要はない。

「前にも言ったけど、こっちの人とは価値観がね。それに僕より強くて、偉ぶらなくて、大切にしてくれそうで。おまけに手に職があると。こっちの基準でも、引く手数多《あまた》だよ？　そういう話、けっこうあったんじゃないの？」

頭をさすりながら、ミルトは言う。自身の経験からシンも同じような体験をしていると思ったようだ。

「こっちの基準は基本、強さだからな。そういう意味じゃあったが、それでもてても な」

シンとて心当たりがないではない。しかし、考えには合わなかった。

「僕と同じようなことは経験済みみたいだね。僕がこだわるきっかけは、マリノちゃんだよ。シンさんとの惚気《のろけ》話をどれだけ聞かされたことか」

「まじか」

どんな話をしていたのか、シンはとても気になった。

「ほんと、あのデレデレっぷりを見せてあげたいくらいだったね。まあ、そんなことがあって、シンさんはいい人なんだろうなって思ってたんだ。で、実際一緒に行動して、事実なんだってわかった」

「一緒にいたときは、かなり危ない奴だった気がするが」

見た目こそゲーム故のマイルドさがあったが、やっていたのは正真正銘の殺人だ。いい人というイメージとはかけ離れているだろう。

「どう感じるかは僕の自由さ。最後の決め手は僕の願いをかなえてくれたことだよ。シンさんが、臆病《おくびょう》だった僕に最後をくれたんだ」

少し茶化すようだった雰囲気を真面目なものに変えて、ミルトは言った。穏やかなその口調は、ミルトの心境を表しているかのようだ。

「それこそ、惚《ほ》れられる要因じゃないだろ」

「人を好きになるきっかけなんて、他の人からすれば理解できないもんさ。シンさんは、生きていればなんとかなるとか、そういう根拠のない慰《なぐさ》めはしなかった。本当に死ぬとわかっていても、手を下してくれた。僕には、それだけで十分なんだよ」

話の物騒さとは裏腹に、ミルトは花が咲いたような笑みを浮かべている。本当に、そう思っているのだろう。

「殺した相手に惚れられるなんて、世界広しといえども俺くらいだろうな」

「あはは、そうだね。殺されたのに生きてるとか、漫画や小説の世界だよ」

やれやれとため息をついたシンを見て、ミルトは笑う。そして、わざとらしくびしっとシンを指さして言った。

「僕を殺した責任、ちゃんととってもらうんだからね！」

「俺が自分から殺しにいったみたいに言うなよ⁉」

どこかで聞いたような台詞をのたまうミルトを、シンは鍛冶場から追い出した。装備のデザインが既存のものなら、本人がいる必要はないのだ。

「まったく……」

最後にあんな態度をとるから本気かわからなくて困るんだと、シンはため息をつく。話の内容を聞くかぎり本気な気がしてならないが、今は考えないことにした。

†

「さて、後はユズハか。どっちの装備に……いや、この際両方そろえとくか」

ユズハはモンスター形態と、人形態の両方がある。

人の姿をしているときは人用の装備を身につけられるので、両方そろえてしまっていいだろうと結論付けた。

人型のときに身につけた装備は、モンスターの状態でも外れないことはわかっている。人にはできないような装備の仕方もできそうだ。

「それなら、まずはこっちだね」

子狐モードでシンたちのやり取りを傍観していたユズハが、人型になる。子狐モードからの変身後は子どもの姿であることが多いが、今回は最も成長した状態、10代後半くらいの姿だ。

「今回はそっちでいくのか」

「子どものままじゃ、とっさの判断ができなそうだから」

子狐モードのままでは、戦闘に不向きと判断したようだ。

受け応えもいつもと違う。穏やかな表情と落ち着いた佇《たたず》まいは、シンの知るエレメントテイルに近い。

以前、モンスター形態の時にもう少し古風なしゃべり方をしていた気がしたが、姿によって口調を変えているのかもしれない。

「また成長したのか？」

以前見た姿より多少成長している気がして、シンはそう問いかけた。

「少し。シンたちの知ってる私に戻りつつある」

吸収した力が馴染《なじ》むと成長すると本人が言っていたが、ここまで来ると急激な成長はないのだろう。

何度か急成長したところを見ているシンとしては、ほっとせざるを得ない。

なぜなら、急成長するとその都度装備がすべて外れ、全裸になるというよくわからない現象が起こるからだ。

ユズハはたいていシンの布団で丸くなっている。加えてそれは寝ている間に起こる。そのため、一緒に寝ているシンが最初にその姿を見ることになるのだ。

子どもの姿ならいざ知らず、今のように女性らしい体格になった状態で全裸になられるのは非常に困る。おまけに本人が隠そうとしないので、その場面を誰かに見られると誤解しか生まない。

「じゃあ、デザインを選んでくれ。サイズは自動調整でどうにかなるみたいだから、あとはやっとく」

今まで作ってきたデザインはサンプルとしてチラシのようにしてある。それをアイテムボックスから具現化してユズハに渡した。

ティエラとミルトは、シュニーたち用の予備の装備のデザインを見て指定してきたので出番がなかったのだ。

「これがいい」

「これか……今思えば、なぜここまで改変できたのか」

サンプルの中には、もうこれもとのデザイン欠片も残ってないよね？　というようなものも少なくない。

自由度が高いとはいえ、ゲームゆえの制限もあった。ただ、なぜかこの手の対策装備はその制限が緩かった印象がある。

ユズハが選んだデザインもそのひとつだ。一言で言えば、女性用の袴《はかま》に羽織を組み合わせたもの。もとのアラビアンテイストはどこかへ去った。

ユズハの要望で、下半身はミニスカートとロングブーツに変更する。袴のときは慣れがあるようで問題ないらしいが、それ以外だと尻尾が外に出せる服でないと違和感があるらしい。デザイン的にはほぼ袴だがユズハにとっては違うらしい。

「次はモンスターのときのだけど、これは爪とアクセサリだな」

爪はスキルを使用しなくても一定時間、砂海の上を走ることができる。アクセサリになると、砂海を走ることはできないが、落ちた際に抜け出しやすくなる。

落ちないことを重視するのが前者、落ちたあとのことを重視するのが後者だ。ゲーム時はどちらかしか付けられなかったが、こっちではそんなことを気にする必要はない。

モンスター形態に変身してもらい、足には砂漠用から砂海用に改良した『踏破の獣爪・改』を装備させ、右耳に『流体の円環』を装着する。

これで砂海に落ちにくく、また脱出もしやすい。さらに貼り付けるタイプも併用すれば、砂海対策は万全だ。

「良い気分」

装備ができるまで待っていたユズハに、早速着させた。人型に戻ったユズハは、機嫌よく舞うようにくるくる回ってみせる。

鍛冶場はあまり広くないが、物に当たることも躓《つまず》くこともない。

唯一気になるのは、ひらりひらりと勢いをつけて回るたびに、スカートのすそが際どい位置まで上昇することだ。

スカートの丈は本人の希望する長さに調整したわけだが、それがかなり短いのである。どうも長くすると圧迫感があるらしい。

目線の高さゆえにシンには肝心の部分までは見えないが、人によっては見えてしまうだろう。本来はモンスターといっても、人型のときはそのあたり気をつけてもらいたかった。

「見たいなら、いいよ？」

「ミルトみたいなことを言うんじゃありません」

気をつけるように注意すると、そんなことを言ってきた。

「あぅ」

スカートの端を摘んで持ち上げようとしてみせるユズハに、シンは手刀を落としておく。冗談だとはわかっているので、軽く小突く程度の威力だ。

「ところで、成長したなら記憶も少しは戻ったんだよな？　何かこの世界のことを思い出したりはしてないか?」

頭をおさえる仕草をしながら恨めしそうに見てくるユズハに、シンは問う。

力が弱かったときは思い出すこともできなかったが、今ならばそれもできるかもしれない。そんな淡い期待を込めて聞いたが、返ってきたのは首を横に振る仕草だった。

「大切な記憶、重要な記憶は、私の奥深くに眠ってる。一時的に大人の姿になれば多くのことを思い出せるけど、それにも限界がある。今はまだ、シンの知りたいことは思い出せない」

「さすがにそう上手くはいかないか。まあ、もし思い出せてたらって程度だから、そんな顔しないでくれ」

しょんぼりという言葉を全身で表現するユズハの頭を撫でる。投げかけた言葉通り、思い出せていたらラッキー程度の気持ちだったのだ。責める気などない。

「さて、そろそろ飯もできてるだろうし、もどろう」

装備の準備は終わった。あとは砂海を抜けるだけだ。シュニー特製の料理に舌鼓を打ち、シンたちは英気を養って翌朝を迎えた。

「まずは船だな」

かつてバルバトスでやったパーツの組み合わせによる船舶の創造。

今回は船も砂海仕様だ。

炎術、水術、風術、さらに土術まで付与した特殊な推進装置を船の前後2箇所ずつに配置してあり、非常に推進力のある構造になっている。

海で使うと船がその場で一回転することすらある強力な装置だ。これがついているのには訳がある。

砂海ではある程度重量のあるものは、引き込まれるほどではないが砂の影響を強く受けるという特殊な性質があるのだ。

帆船タイプだと、強風をプレイヤー自身で当てないと満足に進まないほどで、プレイヤー間では、明らかに狙ってやっているだろうと囁かれていた。

「そして装備だ」

点検しておいた装備をメンバーに配る。

シュニーたちのデザインが少々過激なのが判明したので、変更しようかとも思った。

ティエラとミルトが同じデザインでと指定しているので、ここで変えるとそれはそれで自分に向けられる視線が痛くなりそうだと、変えるのはやめておいたシンである。

シュニーたちのデザインがばれた時点で、どちらにしろ白い目で見られるのは確定していたのだ。

「やっぱり、恥ずかしい……」

装備を切り替えたあと、ティエラは顔を真っ赤にして少しでも体を隠そうと身をよじっていた。

隠そうとする仕草と装備のデザインが相まって、かえって扇情的になっている。

「一応、大人しめのデザインのも用意したぞ?」

勢いで選んでしまったようだったので、シンはティエラ用に露出を抑えたデザインの装備も用意していた。

「……いい。自分で言ったことだもの」

一瞬、シュニーに目を向けて、ティエラは申し出を断った。ミルトもそうだが、シュニーたちもとくに恥ずかしがる様子はない。実に堂々としている。

「恥ずかしいと思うからダメなのよ。水着のようなものと思えば……」

自分を納得させるようにつぶやくティエラ。ここはあまり刺激しないでおこうと、シンは他のメンバーに目を向ける。

と、そのタイミングで背後から肩をがしりと掴まれた。

「ねぇ、なんで私以外、全員あのデザインなの？　これはあれかしら、特定の部分が大きくないと着せたくないという私への挑戦かしら？」

声音《こわね》こそ穏やかだが、恐ろしいほどの圧力のある声。セティである。

女性という意味では一応ユズハも含まれるが、現在はモンスター形態なので女性陣はセティだけ装備のデザインが違っていた。

「待て待て待て！　わざとじゃないんだ！　シュニーたちのデザインを見たティエラたちが、同じのがいいって言ったんだよ。セティの場合、実際に砂海で使ったことってほとんどなかったろ？　とりあえず作っただけだから、デザインはデフォルトのまま変えてなかったし。それにほら、わざわざ露出の多いものに変更するっていうのも、それはそれで嫌だろ？」

シンの背中に、嫌な汗がにじみ出る。

船の甲板《かんぱん》に勢ぞろいしているメンバーを見ると、セティの言う特定の部分がどこなのかは、もはや言葉にする必要はないだろう。体を動かすたびに揺れるそれは、デザインの効力でいつもより存在感を増している。

「本当に？　本当にそれだけ？」

「本当だ！　ティエラとミルトにだって、他のデザインができるのは伝えてある。あれしかないからって着せてるわけじゃないぞ！」

視線に殺気がこもっているセティに、シンは必死で弁解した。本人がその部分の大きさを気にしているのはパーティメンバー全員が知っている。

同じようなメンバーがいれば違ったのかもしれないが、セティ以外のメンバーはこの世界の平均値を大きく上回っている。

といっても、ティエラ以外はプレイヤーの手が加わっているのだが、ここまではっきり違うと意識してしまうのだろう、とシンは思うことにしている。

「セティ。あまりシンを困らせてはいけませんよ」

シンが砂海の素材を集めた後、この装備の使用を避けていたのを知っているシュニーが、助け舟を出してくれた。

実際のところ、サポートメンバーで砂海を何度も経験しているのは、ゲーム時代に限定するとシュニーとフィルマの2人だけ。

そのころはシンのステータスも上がってきており、必要なアイテムを集めるだけなら少人数で隠れながら行動したほうが効率的だと、人数を絞って動いていたのだ。

ジラート、シュバイド、セティは砂海での戦闘経験こそあれ、何日も通って素材集めをするというようなことはなかった。なのでデザインはデフォルトのまま使っていた。

シュニーとフィルマは、せっかくなら目の保養にと装備を現在のデザインに変えたのである。

「ぐぬぬ、確かに、そうだけど……」

当時のことを覚えていたようで、理解はしたが納得はしていない顔でセティはうなった。

その視線は、シュニーの見事なふくらみに向いているのか、それを包むビキニへ向いているのか。

おそらくは両方だろう。

「なら、セティのために特別な装備を作ってあげてはどうでしょうか。意図的でないにせよ、仲間はずれのようになってしまいましたから」

「別に、それが理由で怒ってるわけじゃ……」

シュニーの指摘にセティは反論するが、その言葉はどうにも尻すぼみだ。

シンが感じた殺気は間違いなく本物だったが、シュニーの言う、のけ者にされた怒りも確かにあったのだろう。

「わかった。考えとく」

セティの体形を設定したのはシンだ。ゲーム時なら体形を再設定することも不可能ではなかったが、今はそうもいかない。

さすがに少し申し訳なく感じて、シンは装備作製を請け負った。

†

「こうやって進んでるだけなら、揺れの少ない海って感じね」

踏ん切りがついたのか、体を隠すことなく日差しの下にさらけ出したティエイラが風に髪をなびかせながら言う。

海水ではなくあくまで砂だからか、船の揺れはかなり少ない。砂の流れにもよるが、海と比べれば揺れは半分以下といったところだろう。

「モンスターの気配がほとんどないな」

昨晩も砂海からモンスターが上がってくることを警戒していたのだが、何も起こらなかった。

砂海に出てからも索敵《さくてき》は行っている。それでもモンスターらしき気配がない。まれに単独行動している個体がいるが、シンたちに襲い掛かってくることはなかった。

「これは、待ち構えてる説が濃厚かな？」

「かもな。ただ、砂海に入ってから妙に索敵系が使い辛い気がする。もしかすると、そういうのにジャミングをかけるような能力を持ってるのかもしれない」

まったく使えない、効果が半減する。そういったレベルではない。

ただ、索敵範囲を広げていくと、しだいに景色をスモークガラス越しに見ているような、見えているのに見えていない、そんな違和感が出始める。

まったく見えないわけではないのだが、気になり始めると無視できない。

「シュニーとミルトはどうだ？　何か感じないか？」

シンは自分以外のメンバーの中で最も索敵範囲の広いシュニーと、同じプレイヤーであるミルトに声をかける。

「言われてみると、少し違和感があります。些細な、それこそ気にならないといえばそれまでのような小さなものですが」

「僕も同感。何か変だなって思わなくもないけど、気のせいって言われたらそのまま流しちゃいそうな感じ」

2人の感じている違和感はシンよりもさらに小さいようだった。シュバイドたちにも確認してみるが、返ってくるのは同じような答えばかり。

「人を迷わせる森に近い感覚ね。守護者が樹木系のヴァンウッドを基にしているって話だし、たぶんあってるはず」

「なるほど、言われてみるとそれが近いな」

森林エリアやダンジョンは、そういった索敵系を妨害するモンスターがいたり、場所そのものが索敵を受け付けないこともあった。

「樹木系だけは、ちょっと自信あるのよ。これでも樹木の最高峰、世界樹の巫女《みこ》だもの」

これだけはシュニーにも後《おく》れをとらないと、ティエラは言う。

まさにその通りで、こと樹木に関する感覚の鋭さはシンやシュニーよりも優れていた。生まれ持った感覚なので、シンにも真似はできない。

「ん？」

なるほどなと感心していたシンの感覚に、ひとつの反応が引っかかった。

今までならはぐれ個体か、と流すところ。しかし、次第にあらわになる反応の大きさに、シンは船の速度を上げた。

「あ、この反応はもしかして」

「ああ、やっぱりいたらしいな」

ミルトも同じ反応を感知しているのだろう。細かく説明せずとも納得したとうなずいている。

シュニーたちも同様だ。

「え、なに？」

「シンたちの反応だけですごく嫌な予感がするわね」

シンたちよりも索敵範囲の狭いティエラとセティ。片や困惑しながらシンたちを見、片や何かを察したように顔をしかめる。

「昨日話した、ラージ・ヘッドのお出ましだ」

反応からみて、シンたちの乗る船の5倍以上の大きさがある。船内にメンバーごとの部屋があり、リビングやキッチンまである大型船の、だ。

水中――今回は砂中だが――に棲息《せいそく》するモンスターは大型のものが多いが、その中でも例外的に巨大なのがラージ・ヘッドである。

「この船の5倍以上？　え、なにそれ。そんなのと危険な砂海の上で戦うの？」

予想される大きさをシンから聞いたティエラが、嘘でしょと言いたげに問いかける。答えはノーだ。

「まさか。あれは大きさは尋常じゃないが、泳ぐ速度はそれほど速くないんだ。あれを倒すのが目的なら別だけど、今回は用はない。だから逃げる」

ラージ・ヘッドのレベル帯は６００～７００。相応にステータスを上げ、装備を整えれば勝てない相手ではない。

だが、シンたちの目的は砂海の先にある聖地の制圧だ。ここでラージ・ヘッドと事を構える理由はない。

「加速用の噴射《ふんしゃ》装置で一気に距離を稼ぐ。各自、揺れに備えてくれ」

シンが操作盤をタッチすると、船体の左右に内蔵されていた噴射装置が姿を現す。推進装置として使っているものをさらに強力にしたタイプだ。

「皆、準備はいいな？　加速開始！」

がくんと船体が揺れ、シンの体が操縦席のシートに押し付けられる。

加速を経験したことのあるシュニーたちは、各自席に座ったまま周囲を警戒していた。体をこわばらせているのはティエラのみである。

カゲロウやユズハも初体験のはずだが、こちらはいたって冷静だ。

ユズハにいたっては、人型になってシンの座る操縦席の横に腰掛け、足をぷらぷらさせている。なぜ加速の揺れで転げ落ちないのか、謎である。

「おおー、速い速い。このまま一気に聖地に突入しちゃう？」

「ある程度距離をとったら速度は落とす予定だ。結界でも張られてたら、大惨事だからな」

船の構造上、急停止はできない。

ブレーキのような装置はあるが、あくまで速度を調整するためのものだ。緊急停止用のものではない。もし目の前に見えない壁があれば、激突は必至だ。

「大惨事って、どうなるの？」

周囲が砂しかないのでわかりにくいが、それでもガラス越しの景色の流れる速さから現在の船の速度を想像したのだろう。ティエラが緊張した表情で聞いてくる。

このまま何かにぶつかれば、木っ端微塵《こっぱみじん》になってしまうとでも考えているのかもしれない。

「それはな」

「そ、それは……？」

進行方向に障害物がないか注視しながらも、シンは少しもったいぶった口調で話す。

「──部屋の中の備品が飛び散って片付けが大変になる」

「……は？」

答えを聞いたティエラは、しばし何を言われたのかわからないという風にぽかんとしていた。そして、シンの言葉の意味を理解すると、さっと顔を赤くした。

「しぃ～ん～!!」

「はっはっは。もし結界にぶつかっても、壊れないだけの強度が船にはある。それに、中にいる人が衝撃で壁に叩き付けられる、なんてこともないように安全装置もあるから安心してくれ」

からかわれたとわかったようで、ティエラは抗議するように、シンの名を呼びながら手を振り上げる。

しかし、操縦中のシンにちょっかいを出すほど理性を失ってはいなかったようだ。振り上げたものの、落としどころがなくて右往左往し、結果としてますます顔を赤くしていた。

「ふふ、可愛いわねぇ」

「そう思うならば、少しはフォローしてやれ」

シンとティエラのやり取りを見て、初々しいと笑うフィルマ。シンがからかいたくなるのもわかると言うフィルマに、それを聞いたシュバイドが呆れていた。

「じゃあ、ちょっと行ってこようかしら。本格的な攻略が始まったら、なかなか気を抜く機会はないだろうし」

まだ聖地に到達していないからこそ、からかう余裕がある。これもまた、シンがティエラをからかっている理由の一端だった。

†

「……何か用かな？」

シンたちのほうへと歩いていったフィルマを見送ったシュバイドが、別の方向を向きながら問う。視線の先にいるのはミルトだ。

「僕も余裕のあるうちに話をしておこうと思いまして」

「かたくならずともよい。我はこの話し方が楽なのだ。ミルト殿も話しやすいようにしてもらってかまわぬ」

「そう？　じゃあ、お言葉に甘えて」

一時行動をともにしていたとはいえ、ミルトはシン以外ではティエラと打ち解けつつあるものの、他のメンバーと仲を深められているとは言えなかった。

シュバイドは今までの経験から、ミルトが緊張しているのがすぐにわかっていた。誰とでも打ち解けられそうな性格に見えるが、その実当たり障《さわ》りのない人柄を演じている。

同じようなものたちを見てきたシュバイドには、それがわかった。

「あまり話はしなかったが、お互い多少は知った仲ということになるか。なんとも不思議なものだ。しかし、今回は世間話でも、という雰囲気ではないな」

ゲーム時代のことを覚えているので、シュバイドは一時期ミルトとシンが行動をともにしていたときのことを知っている。

ミルトはミルトで、サポートキャラクターとしてのシュバイドを知っていた。

「いやあ、いろいろ行動したあとで聞くのもなんなんだけど、僕のやってることをどう思ってるのかなって」

「ふむ。どう、とは?」

「シンさんはシュニーさんとくっついたわけだし、よく思われてないんじゃないかなって。今さらといえば今さらなんだけど、同じサポートキャラ的には何やってるんだこいつ、みたいな感じじゃない？　シンさんといるとつい遠慮がなくなっちゃうっていうか、大胆になりすぎるっていうか。冷静に考えると、相手のいる人に横からちょっかいをかけてるわけで……」

ティエラのことを客観的に見直したことで、これまでの自分のことも見返したとミルトは語る。

「久しぶりにシンさんに会って、ちょっとテンション上がりすぎてたな、と」

冷静になってから自分の行動を思い返し、これはまずいのではと思い至ったらしい。

ただ、女性陣はさほど気にしていないのがわかるとミルトは言う。これはシュバイドには理解できない感覚だ。

シュバイドはもう一度「ふむ」と一呼吸置き、口を開いた。

「シュニーたちがどう思っているか、我もすべてわかるわけではない。しかし、ミルト殿の言うとおり、不快感を持っているとは思えんな」

エルフに限らず、自分の思い人にちょっかいを出す相手がいれば、大なり小なり不快感をあらわにするだろうし、そうでなくとも安易に接触させようとは思わないだろう。

ミルトはシンへのアプローチを隠れてやっていたわけではないので、シュニーなら別行動をしていたとき以外は把握していそうなものである。

「シンがなびくことなどないという信頼もあるだろうが、もしかすると、今の状況になってさえかつての我らと同じことを考えているのかもしれん」

「同じこと？」

「ミルト殿はシンが戻ってきた経緯を聞いているかね？」

「それなら聞いてるよ」

ゲーム世界で死んだわけではないということは、すでに伝えてあるようだ。ならばとシュバイドは話を続ける。

「この世界にシンをつなぎとめる楔《くさび》としての役割を、多くの者が担う。それが、我らの考えだ。多くの女性を娶《めと》るのも、その一環だな。人の情は、何よりも強く人を縛る」

良い意味でも、悪い意味でも。

為政者《いせいしゃ》としての経験から、シュバイドはそう続けた。

「そこまで考える必要がまだあるの？　もうシンさんは残るって決めたんでしょ？」

「シンは一度、我らの前から消えた。当時の状況を知る身としては、それが自然なことであると理解している。今とは状況が違うこともな。しかし、二度目がないとは、誰も言えぬ。もし、帰る手段が見つかったとき、こちらを選んでもらうための要因は多いほうが――――いかんな。この話題になると、つい王だったころのような考え方をしてしまう」

そう言って、シュバイドは顎をさする。

「いや、これは王としての考えだけというわけでもないか。我はこちらで随分長く過ごした。少々生々しい話ではあるが、強い男が多くの女を囲うのは珍しいことではない。ヒューマンやビーストでは推奨されているくらいだ。強い子孫が残れば、それだけ脅威《きょうい》に対抗することができるからな」

一般的なモンスターから瘴魔《デーモン》、悪魔、神獣といった規格外の存在までいる世界。いつ何が起こるかわからないがゆえに、強者はいくらいても足りない。

「つまりだ。我はミルト殿の行動を咎《とが》める気はないということだ。目に余るようなことをしている様子もなく、立場もわきまえているようであるからな」

シンや周囲を不快にさせるようなら話は別だ。そう匂わせる発言とともに、シュバイドはシンたちを見る。フィルマが加わって少し騒がしくなったようだ。ただ、楽しげな雰囲気は離れていてもわかる。

「なるほどね。では、お墨付《すみつ》きがでたところで僕も参加してこようかな」

「ふ、シンも大変だな」

戦いの前とは思えない様子だが、シュバイドは皆が一様に警戒を解いていないこともわかっていた。

相対していないとはいえ、ここは敵地。弛緩《しかん》しているように見えて、その実、臨戦態勢でもあった。若干怪しいのはティエラくらいか。これは経験の差だろう。

「ふむ、しかし我が、妻を娶ることを勧める日が来ようとは」

シンたちの様子を見ながら、シュバイドはつぶやく。

ミルトにはああ言ったが、決して他人事ではないのだ。多くを娶り、強い子を残す。

強者の義務のように言われることもあるそれは、シュバイドにも十分当てはまる。

王であったころは大臣をはじめとした官僚たちだけでなく、武官たちまでもがときに大胆にときにさりげなく、妻を娶ってはどうかと勧めてきたものだ。

現竜王の娘であるシュマイアなど、いまだに会うたびに婚約を申し込んでくる。

当時はそんな暇はないとわずらわしく思うこともあったが、勧める側になると違った気持ちになるから不思議だ。

「いずれシンに子が出来たとき、武術の手ほどきは我がしたいものだ」

いずれ生まれるだろうシンの子供のことを考えていると、かつて武官が、シュバイドの子を指南するのが夢だと言っていたのを思い出す。

そして、今ならその気持ちがわかるぞ、と1人うなずく。

さしあたってシュバイドは、シュニーにエールを送っておくことにした。

Chapter 3　真の敵

THE NEW GATE

「反応あり……にしてもなんだこりゃ」

砂海を進むこと約1時間。シンの魔導船の速力を駆使した結果、ついに聖地らしき反応を掴んだ。

ただ、その大きさにシンも驚かずにはいられなかった。

「大きい、という次元の話ではありませんね」

シュニーも同じ反応を感知したのだろう。表情が少し険《けわ》しくなった。近づくにつれてはっきりしてくる反応の大きさ、それはラージ・ヘッドなど話にならない大きさだ。

「これって、聖地がモンスターと一体化してる……？」

「そう考えるしかあるまいな」

窓の向こうの景色を見ながらつぶやいたミルトに、シュバイドが同意した。

シンたちの視線の先では、巨大な根が都市の城壁を突き破っている。赤黒い血管のようなものが幾筋《いくすじ》も根の表面を走っているそれは、一部の樹木系モンスターの根の特徴だ。

事前情報通りなら、ヴァンウッドのものだろう。

「都市と一体化とか、ありなの？」

「イレブンの話を聞くかぎりじゃ、ありなんじゃない？」

意味がわからないと言いたげなセティに、さしものフィルマも困り顔だ。

「どうするの？　これ」

「まずはあれがなんなのか調べてみよう。目か、それに近い器官があるなら俺たちがいるのはわかってるはずだけど、今のところそれらしき反応はない。上陸できそうな場所は見えてるから、そこまで近づいて、それでも反応がなかったらまずは俺とシュニーで様子を見てくる」

ティエラの問いに、シンはまず調査だと返す。

ただ倒すだけならば、シュニーやセティとともに大規模魔術を放てば大部分は焼き払えるだろう。

しかし、そうなった場合、聖地のコアがどうなるかわからない。

強度がどのくらいなのかわからないし、コアそのものがどこにあるかも正確にはわかっていない。

ここにはないだろうと思って攻撃したら、勢いあまって壊しちゃいました、ではさすがにまずいだろう。

大規模魔術は最後の手段にとっておく。コアが壊せるのは確認済みなのだ。

連射ができるなら手加減しながら端から焼くという手もありなのだが、今のところ大規模魔術は連射ができない。

何かあったときの保険という意味でも、まだ使うときではないと判断した。

「これだけ近づいても、他のモンスターの反応はありませんね。姿も見えません」

「そうだな……もしかして、全部養分にされたとかじゃないよな」

シュニーの発言に、シンはふと思ったことを口にした。

聖地周辺のモンスターは聖地からもれる魔力が発生源ではあるが、聖地の主がそれに手を出せないわけではない。

余剰魔力の回収という意味でモンスターに手をかけてもなんら不思議はなかった。

「モンスターの反応が大きすぎて、聖地の中の反応がよくわからないわね。気配はするから、中にいるのは間違いないんでしょうけど」

「支配下にあるのかもしれんな。モンスターに種を宿らせ操ることができるならば、ただモンスターを都市内に放つより効率的に運用できるだろう」

都市と一体化している影響か、守護者のものだろうモンスター反応が都市を含め周辺を覆い尽くしている。

マップ上では、シンたちの向かっている上陸予定地点から少し離れた場所の先が真っ赤だ。ただ、マーカーで何も見えないかといえばそうでもない。

通常のモンスター反応を表すマーカーよりも色が薄く、都市の内部構造をある程度は把握できた。とはいえ、フィルマの言ったとおり、内部にいるモンスターの反応はほとんどわからないのだが。

かつてシンが飛ばされたグリフォンタイプの守護者がいた聖地では、モンスターは各自ばらばらに動いていた。

だが、こちらはそうではないかもしれない。シュバイドの指摘もそうだ。タイプの違うモンスターが連携してくるなんてことになれば、レベル以上の戦闘力を発揮する。

「ユズハは何か感じるか?」

「気配がぼやけてて、よくわからない。でも、なんだか嫌な感じ」

ユズハはモンスターなので、シンたちとは少し探知能力の系統が違う。自分たちにはわからないことがわかるかもしれないと話しかけると、じっと聖地を見ながらそう返してきた。

中の様子がわからないという点ではシンたちと同じだが、嫌な感じという部分がシンには引っかかる。

「嫌な感じか。具体的に……って、言えるならはっきり言ってるか。他に何か感じるか?」

シンは他のメンバーに問いかける。

こういった、言葉にできない感覚は馬鹿にできない。無意識のうちに、重要な情報をキャッチしていることもあるのだ。

「嫌な感じとは少し違うけど、なんだか、苦しそうに感じるわ。もしかして、この状態って守護者にとっても予期してない事態なのかも」

シンの問いに声を上げたのはティエラだった。モンスターが樹木系だからか、シンたちにはわからない何かを感じているのだろう。

「苦しそうか……」

「ねえ、シンさん。もしかしてなんだけど、コアが暴走してるとか、あると思う?」

「どうだろうな。いや、確かにありえるかも」

数多くの漫画やゲームをたしなんできたシンにとっては、倒すために向かった先で、敵である存在が主人公たちの行動とは関係無しに、暴走状態にあったなんて展開も馴染みがある。

予想を口にしたミルトも同じような展開を知っているのだろう。

「コアが暴走って、どういうこと？」

「俺もミルトも、確証があるわけじゃないんだ。ただ、本で読んだことがあってな。イレブンもコアについてはあまり話してくれなかったし、そういう、相手にとっても予想外の展開ってやつが起こってるんじゃないかってことさ。まあ予想のひとつとして、頭の片隅にでも置いといてくれればいい」

そんな話をしている内に船は砂海を抜けた。

聖地の周りは、根に破壊された城壁から50メルほどが陸地になっている。

船を止め、アイテムボックスにしまう。ここまでは、攻撃してくる様子はない。

「まずはさっきも言ったとおり、俺とシュニーで様子を見てくる。もし何かあったら心話で連絡をしてくれ」

うなずくシュバイドたちを残し、シンとシュニーは城壁に近づいていく。巨大な根が貫通しているが、さすがはかつての主要都市のひとつというべきか、崩れてきそうな様子はない。

「意味があるかわからないけど、一応姿を消しておこう」

【隠蔽《ハイディング》】で姿を消し、匂いや音を消すスキルも使っておく。守護者側の探知能力を探る意味でも、可能な限り隠密重視だ。

根には触れないように城壁を登り、頂上から都市内を観察する。

「外から見てもいい予感はしなかったけど、これは想像以上だな」

「はい。私たちが来た方向が、唯一元の都市らしさが残っていた場所のようですね」

城壁の向こう側は、樹海が広がっていた。

建物らしきものも見えるが、蔦《つた》に覆われていたり家の屋根や壁を突き破って木が生えていたりと、原形をとどめているものは少ない。

「もとの都市以上に広がってるな。ゲーム時代に、こんな広さを持った都市はなかった」

樹海は視界のはるか先まで広がっている。かなりの広さを有している都市もあったが、これは広すぎである。樹海は都市を呑み込み、そのまま広がっていったのだろう。

「しかし、これではコアがどこにあるのかわかりませんね」

「そうだな。都市の中心にあるだろうってイレブンは言ってたけど、これじゃあ元になった都市がわからないから中心の目星もつけられない」

城壁があるのですさまじく離れているということはないだろう程度の予想はつくが、それ以上は無理だった。

「コアは本当に、都市の中心部にあるのでしょうか?」

「移動してると思うか?」

聖地に着いたら都市の中心を目指せばいい。そう言っていたイレブンだが、コアが動かせないとは言っていない。

「断定はできませんが、どうもこの状況に違和感があります。城壁があるならば、少なくともここに都市があったはずです。もともとコアが都市の中心にあったと仮定して、そこを起点にイレブンの聖地側を砂海に変化させ、反対側には樹海。あれではイレブン側に攻め込むのが難しくなるだけのように思います」

「まあ、これだけのことができるなら、向こうまで根を伸ばしたほうが攻撃はしやすそうだよな」

砂海にもモンスターはいたが、陸上ではほとんど役に立たない。

攻めにくくしているように見える、というシュニーの意見はもっともだ。完全ではないが、聖地間の緩衝《かんしょう》地帯のように機能しているとも言える。

コアにどれほどのキャパシティがあるのかは不明だが、自陣の領域を増やしていったほうが有利なのではとシンも思う。

根を伸ばした先でモンスターに寄生する種を蒔《ま》けば、かなり有利に戦闘が進められそうだ。

「これじゃあ、協力関係にある側の聖地に根が届くんじゃないかとも思えるな。協力関係だからいいのか？　でもどっちかって言うと」

「侵攻しようとしている、ですね」

「だな。イレブンはこっちの2体は協力して攻めてきてるって言ってたけど、実際はそうでもないのかもな」

少なくとも、砂海を渡るまでもうひとつ向こうの聖地からの攻撃らしきものは受けていないし、見てもいない。

イレブンの聖地を襲っていたのも、樹木系モンスターと種子に寄生されたモンスターだ。

魔力で生み出せるモンスターは守護者の基になったモンスターとは関係ないようなので実は混ざっていたのかもしれないが、これとはっきりわかるものは何もない。

「どうにも聞いてた話と状況が一致しない感じがするな」

「偽りの情報と嘘の報酬で、私たちを利用しようとしている。そう思いますか？」

「少しだけな。イレブンが俺たちの知らない情報を持っているのは間違いない。利用して、もしそれがばれてもどうにかできる手段があるとも考えられなくもないけど、それを言い出すときりがないからなぁ」

疑い出せば、それこそ際限がない。

「最悪、大陸へのモンスター出現だけでもやめさせられればいいさ。皇国ともそのために協力してたんだ。イレブンの話に乗ったのだってそっちがメインだし」

情報源という意味ではユズハもいる。力を取り戻していけば、シンたちの知りたい情報を思い出す可能性もあるのだ。

それに気づいたのが、昨晩装備を整えるためにユズハと話したときというのは、なんとも間抜けな話である。

「それはそれとして、緊急連絡を早速使うことになるとはな」

「ここまで事前情報と違っては、連絡を取らざるを得ませんよ」

話を切り上げ、シンは空を見上げた。

コアを確保した際に、ゲルゲンガーを呼ぶための連絡手順は決めてある。

シンとシュニーは一旦城壁を降りて待機していたメンバーと合流し、事情を説明してから空に向かって【ファイアー・ボール】を打ち上げた。

しばらくすると、小鳥サイズのドラゴンがシンたちのもとに飛んでくる。

ドラゴンといっても、ゲルゲンガーの分身なのでドラゴンのような形のスライムといったほうが正しい。短距離ならば、これで意思疎通ができるらしい。

本体は後方、他の飛行モンスターがやってこない高度で待機してもらっている。

「コアを確保した、というわけではないようですな」

「聖地がこんな状態だからな。正直に言って、どこにコアがあるのか見当がつかない。上から目印になりそうなものは見えないか？」

「雲の中に隠れていますので、本体からはなにも。分身の視界を借りて見た限りでは、10ケメル以上森が広がっていると思われます」

「特徴的な建物やそれっぽいポイントとかはない？」

ゲルゲンガーの分身がうなずく。

「となると、どうするかな」

手がかりがなくなってしまった。いくらシンたちでも、広範囲の森林地帯を闇雲《やみくも》に探すのは時間がかかりすぎる。

「やむを得ません。私がそちらに合流し、探ってみましょう」

「コアを探す方法があるのか？」

ゲルゲンガーによると、イレブンの側近として生み出されたことでコアの持つ力の波動のようなものを感知できるらしい。

はっきりとここにあるとわかるほどの精度ではないらしいが、方向がわかるだけでも十分な手がかりだ。

現状では、イレブンの側近はゲルゲンガーだけ。なので、コアの支配もゲルゲンガーの担当だ。

ゲルゲンガーに何かあると、コアをすぐに支配できないので後方に待機していてもらったのだが、この状況ではそうも言っていられない。

しばらく待つと、ゲルゲンガーの本体が飛んでくる。離れたところに着陸してから人型に変身した。

「お待たせいたしました。降りてくる途中で改めて確認いたしましたが、やはり特徴的なものはありませんでした」

「こうなるとあんたの探知能力が頼りだ。俺たちは護衛に回るから、そっちに集中してくれ」

「承知しました。ハイヒューマンともあろうお方に護衛していただけるとは、光栄ですな」

そう言って、ゲルゲンガーは笑顔を見せる。

その様は、人にしか見えない。初めて会ったときよりも、言動がより人に近づいているようにシンは感じた。そのくらい、表情の変化が自然だったのだ。

「すぐに始めますか？」

「ああ、ただ、今日は戻ってこられる距離にとどめておこう。夜の森がどうなっているのかわからないから、一晩は様子見だ」

ただの森ならそのまま進んでもいいが、ここは守護者のいる聖地。

『月の祠』の守りは強力だが、何があるかわからない場所でいきなり一晩明かすほど過信してはいない。

先ほどと同様に、まずシンとシュニーで周囲を索敵。その後、ゲルゲンガーを中心に陣形を組む。

シュバイドが前を、フィルマが後ろを。左右はティエラとミルトが警戒し、セティはゲルゲンガーとともに中心を行く。

「シュニー、このあたりの植物に見覚えはあるか？」

シンはゲーム時は植物の種類などあまり気にしていなかったので、目の前で生い茂る植物がどういうものなのかわからない。

素材として使えるかどうかの判断くらいはつくが、どのような環境で育つのかといった詳しいことはわからない。

なぜそんなことを気にしたのかといえば、テレビで目にしたことのある熱帯雨林やジャングルのように感じられるこの森林地帯に、妙な違和感を覚えたからだ。

「はい。大陸のほうでも見られる植物ですね。ただ、北でよく見られるものと南でよく見られるものが混在しています。あれを見てください」

シュニーが指差した先には、ギザギザして少し光沢のある葉を持つ木々が並んでいる。

「あれは寒冷地方に多い、寒さと乾燥に強い性質の木です。そしてこちら」

シュニーの腕の動きに合わせて、シンは少し横に視線をずらす。大きな柔らかそうな葉が生い茂る木々が並んでいた。

「あちらは温暖な地方に多い木です。その地方の環境でなければ育たないというわけではありませんが、こうも生育環境の違う植物が乱立しているというのは、奇妙に感じます」

「なるほど、なんか変だなと思ったのはそういうことか。植生がバラバラなんだ」

植物に詳しくなくても、テレビで見てきた様々な光景が違和感を覚えさせていたようだ。

「考えて見ると、砂海の近くにしては湿気が多い。これも守護者の影響か？　でも場所的にはまだ聖地の中か」

背の高い木々によって日の光は遮られ、森の中は薄暗い。

地面からはところどころ木の根が露出していて足を引っ掛けやすく、腐葉土《ふようど》のような場所も下にごつごつした岩が隠れているなどして、非常に歩きにくい。移動しているだけで体力を消耗させられそうだ。

「まっすぐ進むだけでも一苦労だね」

「俺たちだから問題なく進めるって感じだな。モンスターの反応がわかりにくいのも困る」

マップ上は相変わらず守護者のマーカーが大部分を占めている。

聖地内というより、もう守護者の内部と言ってもいいだろう森の中に入ってからは、多少気配察知などの探知系スキルが仕事をし始めたので、ばったりモンスターと出くわすという事態にまではなっていない。

しかし油断はできない。姿や気配を隠す能力を持ったモンスターは多く、中でも今回のような森の中はとくにそういったモンスターが出現することが多かった。

「先行させた魔術に反応あり。右前方から来るわ。数は3」

警戒して進む中、セティが声をあげる。シンたちの索敵に加えて、モンスターの注意を引くデコイのような効果を持つ魔術を周囲に放ち、索敵代わりにしているのだ。

注意深く気配を探る。シンの探知できた数も3匹。シュニーに目配せすると、こちらも同じだったようで軽くうなずいた。

「皆は警戒を続けてくれ。俺が片付ける」

腰に下げた刀の鯉口《こいくち》を切り、シンは走る。モンスターもシンたちを認識しているようで、まっすぐ向かってきた。

木々の間から、姿が見える。黒褐色の毛並みに所々走る赤のライン。大きく発達した四肢《しし》と首の周りを浮遊する人魂《ひとだま》のような4つの光。

体長4メルほどのそれは、ウォードッグと呼ばれる四足獣タイプのモンスターだ。レベルはそれぞれ533、510、739。

一番後ろの個体だけ人魂の数が6つで体躯も二回りは大きい。なによりレベルが他の2匹と200以上違う。

ただのリーダー個体にしては差がありすぎる気がした。

「操られてるわけじゃないのか？」

イレブンの聖地を襲っていたモンスターに見られた寄生植物のようなものは見当たらない。自らの意思で動いているようだ。

シンたちと自らの戦力差がわからないのか、3匹は正面からまっすぐシンに向かってくる。

「なんだ？」

走ってきた3匹は途中からスピードを落とし、最後はゆっくりとした歩みで姿を現した。崩れかけた建物の上から、静かにシンを見つめてくる。

勢いのまま襲ってくるものだと思っていたシンは、その様子に困惑した。

時間にして1分ほどだろうか。1人と3匹の間になんともいえない沈黙が流れていたが、不意にリーダー個体が一吼《ほ》えする。

合図か呼びかけだったのだろう。2匹は素早く地面に降り、左右から挟みこむように攻撃を仕掛けてきた。

片方は肩を、もう片方は足を狙っている。ぎりぎりでかわされても互いにぶつからない位置取りだ。

リーダー個体は距離を取りつつ、シンと後方のシュニーたちの両方を見ているように感じられる。

「……？」

シンはウォードッグたちの動きに違和感を覚え、抜きかけていた刀を戻す。そのまま左腕を振るい、鞘《さや》の先端で肩を狙ってきたウォードッグを殴り飛ばした。

「お前はどうする？」

隙ありと右足に噛み付いたウォードッグに、右手に持ち替えた鞘の先端を向けた。

脚甲に牙を突きたてようと力を入れていたウォードッグが動きを止める。がりがりと音を立てていても、脚甲には傷ひとつついていない。

さらに引き倒そうとしても、まるでシンの足はびくともしなかった。

ダメージがまったくないことは、足元の個体もわかっていたらしい。

シンの問いに動きを止め、足から口を離して距離をとった。

殴り飛ばされた個体も、起き上がって合流してくる。手加減したので、動けなくなるほどのダメージはない。

「行動が意味深すぎるな。ウォードッグは犬系、ということはだ。ユズハ、ちょっと来てくれ！」

シンを見ながらも攻撃を仕掛けてこないウォードッグたちを見ていたシンは、ユズハを呼ぶ。

ウォードッグはカゲロウやユズハの近縁種とも言える系統のモンスターだ。もしかすると、何か情報を得られるかもしれないと通訳を頼む。

「倒さないの？」

駆け寄ってきたユズハの言葉に、ウォードッグたちが身構えながら一歩引いた。

今のユズハは動きやすいように1メルほどの大きさになっているが、ウォードッグたちと比べるとかなり小さい。しかし、それでも3対の瞳はユズハに固定されたままだ。

シンに対してはそういった反応はなかったので、近しい系統のモンスターだけがわかる威圧感でも出ているのだろうとシンは思った。

「向こうも本気じゃなかったからな。正面から突っ込んできたのは、力量を試すためっぽかったし」

ウォードッグが本気になると首周りの光球が消え、全身が青白い炎のようになる。物理攻撃のダメージが減り、炎の追加ダメージが発生する。

しかし、今回はそういった変化はなく、元の姿のまま普通の犬系モンスターのような攻撃しかしてこなかった。

ウォードッグたちはこれといって弱っている様子はない。

だというのに、見るものが見れば本気でないのが一目でわかる攻撃をしてきた。これは何かある。

そう思うには十分だった。

シンとユズハの言葉がわかるのか、リーダー個体が前に出てくる。ユズハも前に出て話し始めた。

「……くぅ？　ユズハたちは砂海を越えてきた。あっちは知らない」

くぅくぅ、グルグルと鳴き合っていたユズハとリーダー個体。その中で、不意にユズハの言葉が人のそれに変わる。意味は通じたのか、その後はまたくぅくぅグルグルというただの鳴き声にしか聞こえない声が響いた。

「隣の守護者に襲われてるみたい。今はこの子の主が、配下を守るために樹海を広げてるんだって」

「え？」

思ってもいなかった情報が舞い込んだ。イレブンによると二つの都市の守護者から攻撃を受けていたはずだが、まるで話が違う。

「こっちにくるときに植物に寄生されたモンスターが襲ってきたが、それはどうなんだ？」

イレブンの都市を襲っていたモンスターを操っていただろう植物。シンたちはそれがヴァンウッドを基にした守護者の能力の一つだろうと考えていた。

しかし、目の前のウォードッグによると、そもそも砂海を越えて侵攻などしていないという。

なぜそう言い切れるかといえば、ウォードッグのリーダー個体がイレブン配下のゲルゲンガーと同じ立ち位置のモンスターだったからだ。

レベルが高いのも納得である。しゃべることはできないが、相応の知能があった。

ユズハに通訳してもらって情報交換を続けたところ、ここ数ヶ月は隣の守護者からの侵攻を防ぐのにかかりきりで、外部への侵攻などしている暇はなかったとか。

イレブンと同じく、守護者間のネットワークからも締め出されている状態らしい。

今も相手側の侵攻を防いでいる最中で、そんな状態のときにやってきたシンたちの調査のために、ウォードッグたちは移動してきたらしかった。

こちらがイレブンの手のものだろうという予想はしていたようだ。その点は大当たりである。

「おかしいな」

ウォードッグたちの話を聞いて、シンは眉根を寄せた。イレブンから聞いた話と、ウォードッグたちの話がかなり食い違っている。

イレブンによれば、少なくともリフォルジーラ出現の調査という名目で協調し合う程度の連絡は取っていたはず。

それに、皇国へ攻め込んできた集団は3つ。各聖地からひとつずつという話だった。

「本当に、他の守護者と連絡は取ってないんだな?」

念のためもう一度確認すると、ウォードッグも間違いないとうなずく。

「ここの守護者に成りすました?」

「そうだろうな。状況的に犯人はお隣、３つ目の聖地の守護者なんだろうが、それはそれで妙な話だ」

シンたちのいる聖地と隣の聖地の守護者は、イレブンの言うところの『使命を果たすことしか考えてないやつら』のはずである。

「仲間と話がしたい。待っててもらえるか?」

うなずくウォードッグに背を向け、シンとユズハはシュニーたちと合流した。

ウォードッグから得た情報を伝えてから視線を向けるのは、ゲルゲンガーだ。

「まさか、そのようなことが……」

事前に知っていたなら、今後の行動について再考する必要がある。しかし、驚きに見開かれる目や言葉の響きなど、事前に知っていたとは思えない反応だ。

シュニーたちにも確認するが、演技をしているようには思えないという意見は一致した。

「守護者間のネットワークっていうのは、別の守護者に成りすますなんてことができるものなのか?」

「わかりません。ネットワークにアクセスできるのは守護者のみなので、我々はそういうことができるということしか知らないのです」

「イレブンはそれに気づかず、両方の守護者から攻め込まれてると思って防御を固めてたってことか」

もしくは、わかっていて放置したか。そうも思ったシンだが、ならばもう少し別の言い方があったはずだと思い直す。

この状況では、現地に着けば状況がおかしいことにすぐ気づく。ましてや協力して攻め込んできているはずの守護者同士が争っているとなれば、情報収集だけして撤退することだって選択肢に入る。

もしイレブンがシンたちを利用して聖地を手に入れようと画策《かくさく》していたのなら、この状況に納得できるように話をもっていくことはできただろう。

「こちらの聖地を落とすための時間稼ぎでしょうか」

「かもな。制御下にあるコアが増えれば、力も増すってやつじゃないか？」

「……はい。その通りでございます」

シュニーの疑問に、シンが自分なりの考えを言いながらゲルゲンガーを見ると、少し間を置いて肯定が返ってくる。これは予想していたことなのでとくに驚きはない。

「向こうの守護者の配下と、もう少し情報交換したほうがいいよな？」

「こちらとしても想定外の事態です。可能ならば、そうさせていただきたく」

配下同士ならば通訳なしで会話できると、ゲルゲンガーがウォードッグに近づく。向こうもそのつもりのようで、ゆっくり近づいてきた。

これで何かわかれば、シンがそう思った直後、地面が大きく揺れた。

†

「なんだ⁉」

上下に大きく揺さぶられるほどの、現実ではまず体験しないだろう桁違いの揺れ。

突然のことに体勢を崩すが、ゲーム時代には歩くだけで地面が揺れるようなモンスターなど飽きるほど戦ってきたシンたちだ。すぐに立て直して周囲を警戒する。

シンたちと比べると経験の浅いティエラも、訓練の賜物か倒れこむことなく武器を構え直していた。

そんな中、ウォードッグたちはシンたちが来たのとは別の方向を向いて唸《うな》っている。

「また来たって言ってる」

「来た？」

唸り声にも意味があったようだ。ユズハが通訳してくれる。やはり自然現象ではないらしい。また、ということは、すでに何度も同じようなことがあったのだろう。

「まさか、隣の守護者か？」

守護者の側近であるウォードッグたちが警戒する相手。状況的に見て、3つ目の聖地の守護者か、その配下だろう。

すぐに迎撃に向かうのかと思ったが、ウォードッグたちはその場から動く様子はない。

「何が起こるんだ?」

生い茂る木々のせいで、ウォードッグたちの睨む方向で何が起こっているのかこの場からは視認できない。

仕方ないので【透視《スルー・サイト》】と【千里眼】を併用して森の先を見るが、樹海の範囲が広すぎて森が途切れるところまで見ることはできなかった。

見える範囲で何かないか探してみるが、地震の原因らしきものは確認できない。

「地面の下から来るって言ってる」

「地下か。戦いにくい相手だな」

地下の敵に対しては、プレイヤー側からの攻撃手段が少ない。空ならそのあたりに落ちている石を投げるなんて簡単なことから、追尾する魔術や弓で弾幕を張るなどの様々な対応策があるが、地下ではそうもいかないからだ。

自分たちの立つ大地がモンスターの盾になり、接近を阻《はば》む。逆にモンスター側は自由に動けるのだから、対抗手段の少ない側はやりにくくて仕方がない。

シンも今ほどの強さを得る前は、地下に潜る相手とは積極的に戦ってこなかった。とにかく攻撃が当てづらく、おまけに逃げに徹されると手が出せなかったので随分手を焼いた。

「ん？　もういいのか？」

どう対処しているのか気になったシンだったが、ウォードッグたちは何かしている様子はない。

しばらくすると、うなっていたウォードッグたちはむき出しにしていた牙を収め、シンたちに向き直った。

ユズハに確認すると、別の配下が対処しているらしい。イレブンと違い、こちらは複数の側近がいるようだ。

もう一度シンがウォードッグたちの向いていた方向に目を向けると、煙が上がっているのが見えた。交戦しているのだろう。

「情報交換を始めても、問題なさそうですかな？」

「ウォードッグたちの様子を見るに、大丈夫だろう。俺たちも警戒は続けてる」

地下からの攻撃はどれだけ早く察知できるかにかかっている。シュニーたちと協力して空、周囲、地下と警戒を密にした。

シンたちが警戒する横で、ウォードッグとゲルゲンガーが情報交換を始める。

シンが驚いたのは、ゲルゲンガーの手がスライム状態に戻り、ウォードッグの首周りに浮かぶ光球にくっついたことだ。シンの知識では、光球に実態はないはずである。

これからどうなるのかと思っていたシンだったが、それ以降何の動きもなかった。２体とも無言でその場に立っているだけで、この光景だけなら情報交換をしているとは思えない。

おそらく、ウォードッグの光球とゲルゲンガーの触手が接触することで、意思疎通が可能なのだろうとシンは予想する。

時折、スライム状態に戻ったゲルゲンガーの腕の中を、光のようなものがうっすら移動しているのだ。もしや光ファイバーのような機能でもあるのかと、この世界のスライムの多様性に驚いたりもした。

「お待たせいたしました。どうやら、我が主がネットワークから切り離されたあとにもいろいろと動きがあったようです」

時間にして5分ほどで、ゲルゲンガーが伸ばしていた腕を光球から離した。

情報交換は無事終わったようだ。ただ、表情が晴れないあたり、あまりいい状況ではないのだろう。

「詳しく聞かせてくれ」

周囲の警戒を続けながら、シンたちはゲルゲンガーの言葉に耳を傾ける。

ウォードッグから得られた情報によると、数ヶ月前——ウォードッグは日付を数えることをしないらしいので、ゲルゲンガーが日の出の数などからおおよそで算出したようだ——から隣の聖地の守護者と連絡が取れなくなり、守護者間のネットワークにアクセスできなくなった。

ネットワークへのアクセスは守護者本人にしかできないらしいので、ウォードッグたちも正確にはいつからできなかったのかわからないようだ。

あくまで、それが判明したのが数ヶ月前ということらしい。

そしてそこからほとんどを日をまたぐことなく、隣の聖地からモンスターが侵攻、同時に自らが影響を与えられる領土を拡大し始めた。

アラハバキを基にしているせいか、拡大する領域は地面が赤熱化するほどの高温で、一部では地面が溶けているという。ついさっきの侵攻でも、地面は溶けこそしなかったものの、火が噴き出て森を焼いていたらしい。

「こう言っちゃなんだけど、相性が悪すぎるな」

【THE NEW GATE】において、植物系モンスターは一部を除いて火属性に弱い。とくに、アラハバキのような、ただの火よりも高温を帯びるモンスターは天敵だ。

いまだ姿をみせないヴォルフリートも同じである。ただそこにいるだけでダメージが与えられるのだ。

領域の拡大を察知したウォードッグたちの主は、自らも領土を拡大。影響を受けていない場所を自らの領土とすることで、相手の侵攻を遅らせている。

一週間ほど前から互いの領土が接触する状態になっており、相性の問題もあってじわじわと領土を削られているようだ。

先ほどの地震もそれが原因で、そう長くは持たないだろうとウォードッグの主は考えているらしい。

「しかし、ここまで聞いてた情報と違うとはなぁ」

「私も驚いております。情報が遮断されていたとはいえども、まさかここまで状況が変わっているとは」

ゲルゲンガーも予想していなかった情報に、眉間《みけん》に皺《しわ》を寄せている。

シンたちとしても、近い順に片方ずつ倒していけばいい、というわけにはいかなくなった。交戦しているということは、イレブンのように自らの意思を持って行動している可能性が高い。

そうなると、今までの守護者のようにシンを見たらとにかく倒すという考えではなくなっている可能性も出てくる。

シンも守護者はすべて敵だと思っているわけではないので、一旦向こうの出方を窺うか、計画を改める必要があるのだ。

「今ならこっちの守護者とも、交渉の余地があるんじゃないか？　襲ってこないなら、一々倒して回る必要もないだろ」

こちらの守護者がどう考えているのかわからないが、付け入れそうなときは付け入るのも戦略だ。戦わずにすむならそれに越したことはない。

広大な樹海でモンスターを倒しながらコアを探して徘徊するのは、できれば遠慮したかった。

「そうですな。我々もこちらが襲われるので対処しているにすぎません。こちらの守護者の考えが変わっているならば、その可能性もあるかと思います」

もともと、イレブンを不穏《ふおん》分子として片付けようとしていたのが、こちらの守護者2体。守護者全体から見てもイレブンはイレギュラー扱いだが、この状態ではどちらか、おそらくは襲っている側に変化があったと見るべきだろう。

交渉が拒否されるならば、このままゲルゲンガーとともにコア探しを再開する。そうなれば、ウォードッグたちも本気になるだろう。シンも手加減をする気はない。

「もう一度、会話をしてみます。少々お待ちを」

そう言って、ゲルゲンガーは再び腕をスライム状態に戻し、ウォードッグに伸ばす。

ウォードッグは少し警戒したそぶりを見せたが、ゲルゲンガーに攻撃する意思はないとわかると大人しくなった。

『守護者の中でも、何か私たちの知らない変化が起こっているのでしょうか？』

『そうなのかもしれない。守護者が何体いるかわからないけど、イレブン以外にも独自の考えを持つやつが出てきてもおかしくないと思う』

心話でシュニーと会話をしながら、ウォードッグとゲルゲンガーの様子を見守る。

普通に意思疎通ができ、独自のネットワークまで持っているのだ。守護者にもある程度自我があるのだろうとシンは思っている。

イレブンの話から基になったモンスターが関係していると考えられるが、ドッペルゲンガーのような人型は他にもいるし、そうでなくとも会話可能なモンスターもいる。

イレギュラーがイレブンだけというのは、逆に変という見方もできた。

「お待たせいたしました。交渉がまとまりましたので、お話しさせていただきます」

時間にして10分ほど。スライム状にしていた腕をもとに戻し、ゲルゲンガーがシンたちに向き直った。

「結論から申しますと、現在侵攻してきている守護者を倒し、我が主の支配下におけるならば、ナンバー37は軍門に下ってもよいとのことです」

「……確認なんだが、それはウォードッグたちだけじゃなくて、守護者もってことでいいんだよな？」

イレブンは自分のことをナンバー11と言っていた。同じ流れで言えば、ナンバー37はこの樹海を形成している守護者のことだろう。

ウォードッグがそんな判断をしていいのかとシンが確認すると、樹海の中ならば主人と通信が可能だと返ってきた。どうやらウォードッグを介して守護者本体と交渉していたようだ。

「俺たちは、守護者がお互いにどういう力関係なのかよくわからないんだが、それはありなのか？」

昨日の敵は今日の友というわけではないだろうが、敵が味方になるという事態が起こりえるのか、シンは確認する。

人なら別段おかしなことではないが、守護者は人とは別の存在だ。協力関係からの裏切り、さらには敵との和平といった考えはあるのだろうか。

「どうも、攻めてきている守護者の様子が今までにないものらしく、このまま取り込まれるのは危険と考えているようです。我が主は異端なれども、あくまで考え方が違うというだけで、存在そのものが異常というわけではございません。ゆえに、その結論になったのでしょう。コアに干渉して支配下に置くのは同じですので、寝首《ねくび》をかかれる心配もございません」

「そうか。まあ、約束が守られるなら、こっちも異論はないさ」

やることは変わらないというゲルゲンガーに、シンはとりあえずうなずく。

守護者を倒して支配下に置くか、倒さずに支配下に置くかの違いだ。する側とされる側が問題ないというなら、わざわざ異論を呈して波風を立てる必要もない。

「なら、問題は残りひとつか」

「はい。当初の予定通り、3つ目の聖地の攻略をお願いいたします」

2番目の聖地はほとんど戦うことなく終わったが、3番目のほうはそうもいかないようだ。

シンは早速、ゲルゲンガーを介して攻めて来ている相手の情報を聞く。基となっているモンスターのことは知っているが、すべてが同じとは限らない。

「俺が知らない攻撃方法があるな」

得られた情報の中には、ゲーム時代にはなかった攻撃方法が含まれていた。

地面が溶けるほどの高温というのは同じだが、溶けた地面が人型になり攻撃をしてくるというのは初耳だった。

人型といっても、地面から上半身が生えているような見た目らしい。どこかの悪魔のようだ。外見的な特徴がほとんどなく、粘土で適当に胴体を作り、頭と腕っぽいものを付け足したという程度のざっくりとした人型らしい。

ウォードッグたちは溶岩巨人と呼んでいるそうだ。頭には目や口といった器官はなく、本当に溶岩が丸くなっただけにしか見えないという。

ただ、迎撃のためにウォードッグや他の配下が姿を見せるとまっすぐに襲い掛かってくるので、何かしらの知覚能力があると思われる。

攻撃手段は体当たりや腕を振り回す単調な動きと、頭部から噴き出す溶岩だ。肉体が高温の溶岩なので、近づいただけで木々は燃え、触れられれば溶けてしまう。

噴き出す溶岩も同様だ。まともに浴びればぐずぐずに溶けてしまう。

今のところ一度の攻勢で現れるのは10に満たない。胴体の中心に核と思われる赤い球体があるらしく、それを破壊すれば倒せるようだ。

「凍らせるのが手っ取り早いか」

熱い敵は冷やす。ゲーム時代でもよく使われていた攻略手段だ。

高温のモンスターは冷やすと動きは鈍り、防御力も極端に下がる。完全に冷やしたあと鈍器でたこ殴りにするのが常套《じょうとう》手段だった。

ただ、モンスターとプレイヤーの能力差がないと、冷やしてもしばらくすると高温状態に戻ってしまう。如何《いか》に早く冷やして体力を削るかが重要だった。

「僕の出番かと思ったけど、ちょっと厳しいかな」

「ミルトのって言うと、あれか。確かに今回は規模がな」

ミルトがむむとうなっているのは、自身の使う精霊が水属性だからだろう。

所々妙にリアル志向だった【THE NEW GATE】では、超高温のモンスターに水をかけると水蒸気爆発が起こる。

アイテムとしての水でも、魔術で生み出した水でもだ。

爆発するとモンスターにもダメージが入るので、遠距離から水をかけ続けるという「倒せるけどそのやり方はどうなんだろうか？」という戦法もあった。

ミルトは接近戦が主体なので、アラハバキをはじめとした同系統のモンスターは精霊術を行使しながらこの方法で倒していたらしい。

この方法もモンスターの防御力が高くなるとほとんど効果がなくなるので、同系統なら誰にでもきく戦法というわけでもない。

ウォードッグたちは核を狙って胴体に集中攻撃をして倒しているようだ。その過程で森がかなり焼けてしまうので、厄介なのだとか。

「あたしやシュバイドだと厳しいけど、シンとシュニーとセティで凍らせたら、一発じゃない？」

「で、あろうな」

実際にアラハバキを凍らせたこともある。それを知っているフィルマがあっけらかんと言い放つと、シュバイドも同意した。

シュニーはもともと氷の魔術が得意であり、セティは魔術特化型。それにシンが合わされば、溶岩地帯を極寒の氷雪地帯に変えるくらいはできそうだと口にする。

「シンさんたちならやれそう……ん？　やれそうっていうか、やったことなかったっけ？　火山地帯の一部が凍ったってニュースが流れたことあったよね」

「あれは『六天』全員で【アブソルート】を使ったときだな。正直、俺たちもあんなことになるとは思ってなかった」

まだ『六天』の名が知れ渡る前のことなので、何が起こったのかと掲示板で取り上げられたのだ。『六天』メンバー全員で、周囲を凍りつかせて動きを阻害《そがい》する水術系魔術スキル【アブソルート】を使った結果である。

敵味方関係無しのスキルなのだが、ハイヒューマンの魔術抵抗力と装備の耐性で、シンたちはほとんどノーダメージで周囲を凍りつかせることができた。

ただ、カンストクラス6人による同時行使を想定していなかったのか、火山の一部が文字通り凍りつく事態になった。

凍った地面に触れただけで、さらに連鎖的に凍るという、灼熱《しゃくねつ》地帯とはまた違った死の世界が広がったのだ。

その後、アップデートで修正されたのでそれ以降はニュースになることもなかったが、ミルトは覚えていたらしい。

「こっちでどうなるか試してないから、道すがら戦っておくべきか？」

「でも、手の内を見せることにならない？　シンたちなら、ひとつくらい見せてもいいのかもしれないけど」

溶岩巨人を見つけたらどの程度効くのか試してみるかと考えるシンに、有効な攻撃方法があるなら隠しておくべきではないかとティエラが言う。

「ティエラの言うことも一理あるんだよな。俺の予想が当たってるなら、聖地はマグマの海になってると思う。そっちは耐性を高めた装備を別に用意するけど、凍らせられるならかなり楽になる。耐性を得るとか、対抗策を考えられると厄介なのは間違いないし」

ただ、ぶっつけ本番でというのも少し心配ではある。

いくら既存のモンスターを基にしているとはいえ、守護者という未知の相手でもあるのだ。

その分身とまではいかなくとも、近しい存在だろう溶岩巨人に氷の魔術が効くのか試しておきたいという思いもある。

どうやって溶岩巨人を出現させているのかは不明。だが、倒されたときの情報を本体が得ている可能性は十分ある。

ティエラの心配も理解できるので、どうするか悩みどころだ。

「そんなに簡単に対処できるものかしら。私とシンとシュー姉が力を合わせたら、ちょっとした都市だって隅から隅まで氷漬けよ？　それを無効化できるなんて、ちょっと考えたくないわよ」

どうするかと悩むシンにセティもまた難しい顔で言う。

何か有益な情報はないかとゲルゲンガーとウォードッグに尋ねてみるが、そこまではわからないと返ってきた。

「予測するのが難しいですね。システムの外にいるような相手ですから、もしもという予想が否定できません。とはいえ、それを言ったらシンも、ということになるのですが」

「ステータスとか、おかしなことになってるものね」

こちらで長くすごしたシュニーも、結論が出せずにいるようだ。後半部分についてはうんうんとフィルマが同意しながらうなずいている。

「ある意味、どっちもシステム外の存在ってやつなんだよね」

「俺の場合、単純にステータスが高い以外は特殊な能力ってほとんどないんだけどな」

新しく得た【波動】と名のつくスキルも、いまだに使えないのだ。周りと何が違うのかといわれると、挙げられるものはそう多くない。

「いくら考えても結論はでまい。ここはまずミルト殿との会話でも出た水術を中心に進み、凍らせるような攻撃はできるだけ本体用に温存しておくという案を上げさせてもらおう。これればかりは、実際に相対せねばわからぬ」

話し合えば合うほど結論が遠くなるのを察してか、あまり発言せずにいたシュバイドが口を開いた。

「……そうだな。これぱっかりは、戦ってみないとどうにもならないか」

いくら考えても埒《らち》の明かない問題ばかりだ。そう思いながら、シンは再度煙の上がっていた方向を見る。もう、煙は見えなかった。

†

シンたちはウォードッグを介して一番早く森を抜けるルートを教えてもらうと、すぐに移動を開始した。

コアを探す必要はなくなったので、ゲルゲンガーの本体は再び雲の中へと姿を隠している。ただ、何が起こるかわからないので、分身は残したままだ。

「一応確認なんだが、隣の守護者を倒したらこっちの守護者、ナンバー37だったか、が攻めてくるなんてことにはならないんだよな?」

ウォードッグたちの前でする話ではなかったので、シンは移動を始めたこのタイミングでゲルゲンガーに確認する。

アラハバキを基にした守護者のほうは、ナンバー43らしい。

「おそらくではありますが、約束を反故《ほご》にしてこちらを攻撃してくる可能性は低いと思われます。ナンバー37は、我が主や様子のおかしいナンバー43とは違い、使命や合理性を優先する……そうですね。守護者らしい守護者とでもいいましょうか」

与えられた使命を忠実にこなす。かつて戦ったグリフォンタイプやイシュカーを操っていたタイプと同じらしい。

このような状況でなければ、シンに攻撃を仕掛けてきただろうとゲルゲンガーは言った。

「プログラムで動く機械みたいなもんか」

もしくは能力制限されたＡＩ搭載型のロボットか。ゲルゲンガーの説明を聞いたシンはそう思った。

今回はシンの排除よりも、ナンバー43の攻勢のほうが脅威度が上と判断したらしい。

「うーん、合理的判断に基づいて裏切るとかありそうじゃない？」

「それは言うなよ」

ミルトを注意するが、シンも同じようなことは考えていた。

何せ、ナンバー37がイレブンの支配下に入るタイミングは、ナンバー43を倒したあと。やろうと思えば、シンがナンバー43を倒したところに乱入してコアを支配し、さらに消耗したシンたちを狙うなんてこともできる。

約束通り支配下に入るか、それとも襲ってくるか。今まで問答無用で襲われていた身としては、完全には信じ切れないシンだった。

「そのときは全力で反撃しましょうよ。コアは無事じゃ済まないかもしれないけど、相手の強さによっては手加減できない可能性だってあるわけだし。それにコアを支配できなくても、守護者がいなくなれば聖地を制圧するなんて簡単じゃない。重要なのは、他の守護者の影響を排除すること、なんでしょ?」

「セティ様のおっしゃる通りでございます。もしものときは、致し方ないでしょう。我が主も戦うのがシン様ということで、コアが破損してしまう可能性も考えておりました」

コアがあったほうがやれることも増えるらしいが、結局のところセティの言うとおり、シンたちのいる孤島の守護者のトップがイレブンなら問題ないのだ。

極論すると、他の聖地のコアがなくてもなんとかなる。

「コア探ししてから海岸に戻るつもりだったけど、こうなったらこの辺で夜を明かすか。装備の準備も必要だし」

砂海の準備をした次の日に、また別の対策装備を準備しなければならないとは思っていなかったので、シンは少し辟易した気分だった。

シュニーたちの分はゲーム時代に使っていた装備があるので、やることはティエラやミルトの分を用意するくらい。まさに砂海装備を用意した時と同じだ。

手間らしい手間はほとんどかからないと言っていいが、こればかりは気分の問題である。

森の中では馬車は使えないので、基本は走って進む。

ナンバー37と協力関係になったからか、感知系のスキルが正常に機能している。妨害がなくなったので、モンスターが樹海に散らばっているのがよくわかった。

「固まってたり、散らばってたりするのは、何か意味があるのかな？」

「端のほうにそういうのが偏ってるわけでもないし、単純に群れで行動するタイプがいついてるだけじゃないか？　反応の大きさから見て、小型のモンスターっぽいし」

モンスターの分布について話すミルトに、シンは思ったことを口にする。

分布は樹海全体に均一でなく、ナンバー43が攻めてきている側に偏っている。集団毎に数が多かったり少なかったりバラバラで、集団の配置も適当だった。

「考えてみると、相性以前に、どの程度戦力差があるのかも私たちは知りませんね」

「そういえばそうね。戦いが起こるとしたら、周りは敵しかいないって考えだったからかしら。気にしてなかったわ」

シュニーとフィルマの会話で、シンもそれに思い至った。

イレブンから協力を求められた時は、同じ守護者ならそこまで戦力差があるとは思えず、2対1だと勝ち目がないか、かなりまずいのだろうくらいにしか考えていなかった。

守護者同士でどのくらい力の差があるのかは聞いていない。

「そのあたり、どうなのだ？」

「基になったモンスターの影響と、地形、あとは互いの相性といったところでしょう。ただ、シングルナンバーの方は別格です。我が主のような2桁ナンバーでは、複数で挑んでも勝ち目があるかわかりません」

隠す気はないのか、ゲルゲンガーは分身を通してシュバイドの問いに答えた。

話の真偽はさておき、こんなことができるやつらが複数いて勝てるかわからない相手なのかと、シンは背後に流れていく光景に目をやりながら、内心で危機感を覚えていた。

ナンバー37が広げた樹海。ナンバー43が広げつつある高熱地帯。

地形を変えるような力を持った相手のさらに上をいく者がいる。

いくら自分の力がゲーム時の限界を超えているとはいえ、そこまで来ると、さすがにスケールが違いすぎるんじゃないかと思ってしまうのだ。

つい左手が腰に伸びてしまうが、そこに愛刀の『真月《しんげつ》』はまだない。あれから打ち直そうと何度かトライしているが、結果は思わしくなかった。

なにせ、力を込めてもらった『真月』の柄や刃の破片が溶けないのだ。いくらシンでも、それでは打ち直しはできない。

やはり、考えうる中で最高の環境であるシンのギルドホーム『一式怪工房・デミエデン』の炉でなければだめなのだろうとシンは考えている。

だが、黄金商会のベレットもデミエデンの情報はいまだに掴めていないという。

「シン、どうかしましたか？」

「いや、何でもない。ちょっとシュニーたちの装備のことを考えてただけだ」

ないもののことを考えても現状は変わらない。まずは、目の前のことに全力で当たるしかないと、シンは意識を切り替えた。

日が傾き、薄暗くなったところで移動を止める。樹海を出るまではまだ少し距離がある位置だ。

『月の祠』が出せそうな場所を見つけ、一同は体を休めることにした。

「半日以上走り続けると、さすがに疲れるわね」

「同じく……」

この場にいる誰もが一般人をはるかに上回るステータスを持つといえども、項目によって差は出る。

声に疲れをにじませるのは、ステータスが高くなってからまだ多くの時間を経ていないティエラと、魔術特化で体力という点では他のメンバーに劣るセティだ。

ティエラは森の中で活動することが多かったので、肉体的というよりは今までしたことのなかった、自身の足を使った長時間の高速移動による精神的な疲れが主なもの。

そんなティエラに対して、魔術による高速移動を会得《えとく》していたセティ。しかし、樹海という障害物だらけの場所では上手く使うことができず、自身の足で走るしかなかった。

ピクシーも森で活動することが多い種族だが、セティは事情があったとはいえ、妖精郷で半引きこもり生活だった。

体力切れこそ起きなかったが、100年単位のブランクがある状態で障害物だらけの樹海を駆け抜けるのは、思っていた以上にハードだったようである。

「ステータスの限界を把握しきっていないティエラはともかくとして、セティは随分なまっていますね」

「うむ、これは鍛え直すしかあるまい」

「げっ⁉」

リビングのテーブルに突っ伏していたセティに、シュニーはにっこり笑顔で、シュバイドは真面目な顔で告げる。

セティが悲鳴を上げたのは、2人の目がぎらぎらと光っているように見えたからだろう。関係ないはずのシンもそう見えたのだから間違いない。

「そ、それは、私もでしょうか……？」

「この際ですから、ティエラも自分がどこまでできるのか把握したほうがいいでしょう。ステータスが大きく変化するという経験は、今の時代ではまずしませんから」

「自身の限界は意外とわからぬものだからな。此度《こたび》の戦いが終わったならば、セティとともに訓練をしてもよいだろう。そのくらいの力は身についているはずだ」

「ですよねぇ……」

諦めとともにつぶやくティエラの肩に、そっとセティの手が置かれる。同士を見つけた顔をしていた。

「ミルトも加わってみたらどうよ？　ステータス上がってるんだろ？」

「いやいや僕はモンスターを相手にしていろいろ試したからダイジョーブダイジョーブ」

2人に聞こえないように小声でミルトに話しかけると、さっとシンの後ろに隠れて固い笑顔とともに早口で返してくる。

「もしかしてシュニーの訓練、受けたことあったり？」

「本当に死ぬかと思ったよ……明らかに他の人より厳しかったもん」

シンの予想は当たっていた。随分としごかれたようだ。厳しかったのはミルトが元プレイヤーだからかもしれない。

食事のあと、シンは鍛冶場にやってきた。パーティメンバーの装備に耐熱加工をするのと、追加装備の準備、あとはユズハ用の装備を決めるためだ。

ヒノモトで高温地帯は体験済みだが、今回は守護者相手だ、用心するに越したことはない。

耐熱加工は念入りに行い、追加装備のアクセサリも入念にチェックしながら作製した。

「では早速付け心地をっと」

「おい待て。左手の薬指とかしゃれにならんわ」

今回もついてきたミルトが早速やらかそうとしたので、高速で指輪タイプのアクセサリを取り上げる。そんな気がしたので反応はスムーズだ。

「指輪タイプでと指定してきたときにもしやと思ってたが、本当にやるとは」

「ばれてたか。でも、これがあれば求婚してくる人にはいい牽制《けんせい》になるからシュニーさんの許可が取れたらいいでしょ?」

シンは知らなかったが、この世界でも婚約指輪というのはそれなりに浸透していて、とくに貴族や大商人のような富裕層では、高価な素材を使った指輪や貴重な魔道具としての機能を持つ指輪などを送るのは、よくあることだとミルトは言う。

求婚者が複数いる場合は、他の求婚者よりも高価なものを送ったほうが、より上位に立てるらしい。シンとしては、指輪の価値以前に相手の意思が重要だろう、と思わずにはいられない。

シンの作った指輪タイプのアクセサリは素材はオリハルコンで、付与のための触媒《しょくばい》とはいえ高ランクのサファイヤとルビーの欠片がはめ込まれている。

おまけに高レベルの付与だ。これ以上のものとなると小さな国では手配するのも難しく、大きな国でも国宝クラスの代物を持ち出さねばならない。

これを見れば、大抵の相手は諦めるだろうとミルトは締めくくる。

「まあ、そういうことなら。シュニーがいいって言うなら、男よけくらいにはなるさ」

「ならオッケイ」

言うが早いかミルトは受け取った指輪をさっと左手の薬指にはめた。

「ふっふっふ。すでにシュニーさんには許可を取ってあるのさ」

「それ先に言えよ」

さっきのくだりいらなかったろと思うシンである。同時にシュニーがよく許可したなとも思うシンだ。

実のところ、まだシュニー用の結婚指輪は完成していないのである。実際に婚約しているわけではないとはいえ、そういうところは気にしそうだとシンは思ったのだ。

その後はユズハ用の装備を整え、すぐに就寝した。

余談だが、ユズハの装備を準備している間、ミルトは鍛冶場の隅で、指輪を見ながら終始ニヤニヤしていた。

†

翌日。シンたちは夜明けとともに行動を開始した。

ナンバー43の支配領域には安全地帯と呼べる場所がほとんどない。

『月の祠』の【障壁】と【防壁】、そこにシンたちが防御策を追加すれば夜間も休むことはできるが、ほぼ間違いなく襲撃があると見ている。

ここからは日中のうちに可能な限り距離を稼いで、短期間で一気に聖地を攻略してしまうつもりだった。

「もうすぐ高温地帯に入る。全員、装備は確認したな？」

各メンバーから返事がくる。各自、追加のアクセサリと短いマントを身に着け、いつでも戦闘できる状態だ。

短いマントは、耐熱用の追加装備【灼火のマント】である。もともとの装備とマントの耐熱仕様による二重防御だ。

自身も問題ないことを確認して、シンは樹海を抜けた。

シンたちは樹海の中と同様に自身の足で走る。少し違うのはセティとティエラだ。平坦な地形なので、セティはお得意の高速移動を披露していた。ティエラはカゲロウが乗せたがったので、背にまたがって周囲の警戒に注力している。

「ここはまだ、序の口って感じだな」

樹海と接している領域は地面が黒く染まり所々燃えているものの、高温地帯というにはまだぬるい。装備のおかげで、涼しくすら感じる。

そんな中に1ヶ所だけ地面が赤く、明らかに高温だとわかる場所があった。何かいるとはっきりわかるわけではないが、かといって何もいないとも断言できない奇妙な気配がする。

シンたちの進路から少しずれた場所にあったそれは近づくにつれて大きく盛り上がり、人の上半身といえなくもない形になった。

「あれが話に出てた溶岩巨人か。本当に、素人が適当に粘土を人の形にしたって感じだな」

頭だろう場所には顔はなく、赤黒い光が明滅している。頭の先までで、およそ4メルといったところか。

――――【赤き土塊《つちくれ》　レベル373】

【分析《アナライズ》】が溶岩巨人改め、赤き土塊のレベルを表示する。シンには見覚えのないモンスターだが、データは見られるらしい。

「思ったよりレベルが低いな。いや、相性が悪いとこれでもきついか」

ウォードッグたちはレベル500台以上だったが、樹海で見かけたほかのモンスターで500を超えるものは少なかった。相性や体の大きさを考えれば、これでも十分だろう。複数出ると樹海のモンスターだけで対応するのは厳しそうだ。

「じゃ、早速やってみるわね」

事前に準備していたセティが、赤き土塊に向かってスキルを放つ。

3メルほどの巨大な水球がセティの頭上に出現し、矢のような速度で赤き土塊に向かって飛んだ。迎撃するつもりなのか、赤き土塊が腕を上げて何かしようとするが、それよりも先に水球が弾ける。

水術系魔術スキル【ギガ・スプラッシュ】。

巨大な水球は大小さまざまな大きさの水球に分かれて赤き土塊に降り注ぐ。小さいものでは20セメル、大きなものだと60セメルといったところ。

一般的な魔導士が作る水の塊がぶつかった衝撃は、小さいものなら成人男性の全力のパンチ程度、大きいものなら馬車が激突したくらい。

セティが放ったものはどうかといえば、穴だらけになった赤き土塊を見れば一目瞭然だろう。

4メルの巨体は決してこけおどしではない。見た目にたがわぬ重量とレベル相応の防御力、そして、半流体ゆえの柔軟性。そういったものを備えていたはずだ。

しかし細かく分かれた水球は、それらをものともせずに文字通り撃ち抜いた。

核も破壊したのか、腕を前に出したまま赤き土塊はどろりと溶けて地面に広がる。地面が焼けて煙が出ているが、復活する気配はない。

「……ま、まあ、レベル300台だし。こんなものよね」

「そうだな。先に進めば、もっとレベルの高いやつも出てくるだろ」

あまりにもあっけない幕切れに。張り切って魔術を放ったセティも拍子抜けした様子だ。

ミルトの精霊も、水を槍状にしたものをスタンバイしていたのだが、出番がなくてどこかしょんぼりした様子だった。

しばらく様子を見ていると、赤き土塊だったものが赤色からだんだんと色が濃くなり、最後には黒く焼けた塊になった。

倒した直後は見た目が出現前とほとんど同じだったので復活するかもしれないと思っていたのだが、そういうことはないようだ。

「これってさ。聖地の中は一面マグマでした、なんてこともあるかな。さっきみたいなのがわらわら出てくるみたいな」

「ありえそうだよな。ゲームだったときはフィールドがマグマとか普通にあったし。その辺はしっかり対策してあるから、マグマにどぼんなんてことはないぞ」

砂海と違い、マグマには引き込む力はほとんどない。

現実世界ではどうなのかまでシンは知らないが、【THE NEW GATE】の世界でのことならよく知っている。念のため、シュニーにも確認済みだ。

「他の場所でも、戦っているようですね」

「もしかすると、さっきのははぐれ個体だったのかもな」

シュニーの言葉に、シンも後方で動き回る反応に意識をまわした。

先ほどの反応を参考に気配を探ると、シンたちの進行方向だけでなく、後方にも赤き土塊の反応がある。まだ樹海からさほど離れていないので、それらの動きを把握することは可能だ。

樹海を攻めている赤き土塊は3、4体でまとまっているので、たまたま残っていた個体と遭遇したのかもしれない。

援護しに戻るわけにはいかないので、意識を前方の索敵に集中して進む。

「近くに寄らないと、出現しないのかしら」

「ここまでの反応だと、それで正解っぽいな」

シンたちの進んだ先には、最初に遭遇した赤き土塊と同じ気配のするマグマだまりのような場所が点在していた。

進路上にあるものは進むにつれて人型になり襲い掛かってくるが、距離のあるものは変化せず、素通りできる状態だ。人型になっていなくてもわずかずつ移動しているようだが、シンたちに寄ってくるということもない。

何かが近づくと、人型が形成されるのではないかというティエラの予想は間違いではないだろう。

「数は多くなってきていますね」

「聖地に近づいてるってことなんだろうな。レベルがあまり上がってないのは気になるけど」

シンたちの進むペースなら、聖地まで1日半といったところだ。距離でいうとまだ半分も進んでいない。

進路上で避けられない相手だけを倒して進んでいるが、まだ敵のレベルは400を超えた程度。この世界では十分脅威と呼べる数値でも、シンたちからすればセティの水術一発で崩れていくので危機感など感じない。

「同じモンスターしか出てこないのは、そういうふうに設定でもしてるからなのかしら」

「出現させるモンスターは守護者の意思で決められるようだから、そうなのだろう。違和感はあるがな」

皇国軍や教会戦団と協力していたときに出現したモンスターは、イレブンのゲルゲンガー率いる不定形タイプ以外だと、四足獣タイプと昆虫タイプ。

また、イレブン側に攻撃を仕掛けていないというナンバー37の証言が正しいなら、樹木タイプや寄生タイプも出現させられるはずだ。

しかし、今のところ赤き土塊以外にモンスターの姿はない。

赤き土塊にしても、適当に生成して放っているような、真剣に攻めているとは思えないようなやり方なのだ。

フィルマの疑問に答えるシュバイドも、同じ疑問を持っているのだろう。鋭い視線を崩れていく赤き土塊に向けている。

そこからは本当にたんたんと進むだけだった。

赤き土塊の数と戦闘回数こそ増えるものの、ほとんどがセティの魔術の一撃で沈む。その場にとどまって戦うということがほとんどなかった。

なるべく距離を稼いでおきたいシンたちにはありがたいが、シンたちに対して何の反応もないというのも気にかかる。

「守護者にとって俺は最優先標的って話だけど、ここのやつは違う考えなのかね」

「守護者同士のやり取りで、他の守護者のふりとかするやつでしょ。イレブンみたいに、そういう決まりごとに縛られてないんじゃない？」

赤き土塊が出現する。速度を下げる。セティが魔術を撃つ。速度を上げる。

ルーティンワークのようになりつつあるせいで、セティは少し退屈そうだ。

「また交渉を持ちかけられるとか、ないわよね？」

「やる気があるのかないのかわからないけど、これだけはっきり攻め込んでるんだ。そんなに平和にはいかない気がする。ナンバー37の話じゃ、大陸にモンスターを出現させたのはナンバー43って話だ。それが本当なら、向こうは俺を攻撃対象にしてるのは間違いないだろ。あれで殺意はなかったなんて言われても、さすがに信じられんぞ」

ヘルトロスにしろセルキキュスにしろ、はっきりとシンを標的にしていた。

それだけなら守護者の行動原理を考えればありえることだが、他の守護者に攻撃を仕掛けている時点で、何かしら異常があるのは間違いない。交渉を持ちかけてくるとは思えなかった。

「それに――――ん？　あれは」

話の途中で、シンは荒野の中に今までなかったものを見つける。距離があってもわかる赤い柱状のもの。

【遠視】スキルで姿を確認すると、血が固まったような赤黒い核のまわりを半透明の赤い円柱が覆っているのがわかった。

円柱には血管のようなものが網目状に走っており、そこから赤き土塊が流れ出てきている。

「魔力から自然発生してるんじゃなくて、あれが生み出してるみたいだね。あんなモンスターいたっけ？」

「俺も全部のモンスターを網羅《もうら》してるわけじゃないからな。赤き土塊だって、ゲームで見た覚えがないぞ」

ミルトの問いに、シンは首を振って答える。大抵のモンスターはわかると自負しているシンも、記憶にない。

遭遇したことがなくても動画で見たことがあるというモンスターもいるが、それにも当てはまらない。未知のモンスターだった。

「私も見たことがありませんね。誰か、見覚えがある人はいますか？」

シュニーの問いかけに、誰も首を縦に振らない。

長く封印されていたフィルマや行動範囲が制限されていたティエラは仕方ないが、長く生きているシュバイドやセティも知らないようだ。

「今までと同じで、セティの先制攻撃で様子を見る。向こうも逃がしちゃくれないみたいだしな」

高温地帯に入ってから遭遇する赤き土塊とは違う、モンスターの気配。希薄ともいえた赤き土塊の気配とは違い、曖昧さはまったくない。

何より、接近に気づいたのか、円柱の側面に目のような模様が3つ浮かびあがる。左右に開いたそれは、瞳だけでなく模様そのものが上下に動いていた。

「なんかキモイね」

「否定できないな」

円柱の中の赤黒い核の形が心臓に似ているというのもあるだろう。目のような模様も妙にリアルで、よい印象は抱けない。

周囲を観察するようにきょろきょろしていたそれらは、数秒ののち、一斉にシンたちを見つめてきた。

距離が縮まるにつれて、その大きさもわかってくる。円柱は6メルほどの高さがあり、幅も3メルはあるだろう。

シンたちに視線を合わせてからぴたりと動きを止めたのが少し不気味だ。

「他にもあるな」

戦いを始める前に【遠視】を限界まで伸ばして周囲を見ていたシンは、目の前のそれとは別の円柱を見つけた。

上昇したステータスの影響か限界距離が伸びていたおかげで、複数の円柱を確認できた。視覚に頼らなければ、探知系スキルがさらに多くの反応を知らせてくれる。

「樹海を攻めてるんだし、そりゃこれひとつってことはないわよね」

フィルマの言葉ももっともだ。

攻め込んでいるのが樹海の西側だけとはいえ、その広さは元の聖地の比ではない。

今も赤き土塊を生み出し続けている円柱だが、1体だけではとてもすべての個体をまかないきれるものではないだろう。

「私は他に2柱確認できました。シンはどうですか？」

「こっちは4本だ。目の前のやつのさらに先に2本、東と西にそれぞれ1本。左右より、奥のほうが距離があるな。見えないところまで含めると、もっと増える。防衛ラインみたいに思えるな」

シンがマップ上の反応を見ると、モンスターが一定間隔で設置されているのがわかる。

聖地から等間隔で横並びに配置されたそれは、小さな村などで見られるモンスターや盗賊に対する防御柵に似ている。

間にロープでも張ってあればまさにそのままだったが、それらしきものはない。

――――【赤き核柱《かくちゅう》　レベル700】

さらに距離を縮めると、【分析《アナライズ》】がモンスターの名前を知らせてくれる。シンには覚えのない名前だ。シュニーたちも、聞いたことはないという。

「一当てして行動を見るしかないか。各自、慎重にいくぞ」

どんな攻撃をしてくるのかは、戦ってみなければわからない。なるべく早く片付けたいとはいえ、1分1秒を争うわけではないので無理はしない方針だ。

防御力が高すぎて極端に時間がかかる、延々と復活し続けるなどといった想定以上の能力を持っていた場合は、一旦撤退して対策を考える時間くらいはある。

ここはナンバー43の支配領域。敵が目の前のモンスターだけとは限らない。目の前の相手以外の警戒も怠《おこた》れないのだ。

「まずは、私ね」

ここに来るまでに赤き土塊を散々葬《ほうむ》ってきた、セティの【ギガ・スプラッシュ】が赤き核柱に向かって放たれる。

まだ弓の狙撃スキルでも届かないような距離があるが、魔術を放っているのがセティなので、射程も通常の【ギガ・スプラッシュ】よりはるかに長い。砲弾《ほうだん》のように弧を描くことなく、一直線に赤き核柱に向かって飛んだ。

しかし、それは赤き核柱が放った熱線によって、飛翔半ばで弾け飛ぶ。

「赤き土塊が吐くような、溶岩っぽいものじゃないな」

「炎術系魔術の一点集中タイプとそっくりね。あの感じだと、あと50メルくらいで射程に入るわ」

シンたちが倒してきた中には、ウォードッグから聞いていた攻撃をしてきた個体もいた。

ただ、それらは液体に圧力をかけて発射する水鉄砲に近い。赤き核柱が放った熱線は威力以前に、見た目からして別物だった。

水球が弾け飛んだのを見ても、セティに動揺はない。自身で水球の追加を複数放ち、射程や威力、連射力などを分析していた。

ティエラも矢が細かく分かれるスキルを使って、戦力分析に協力している。

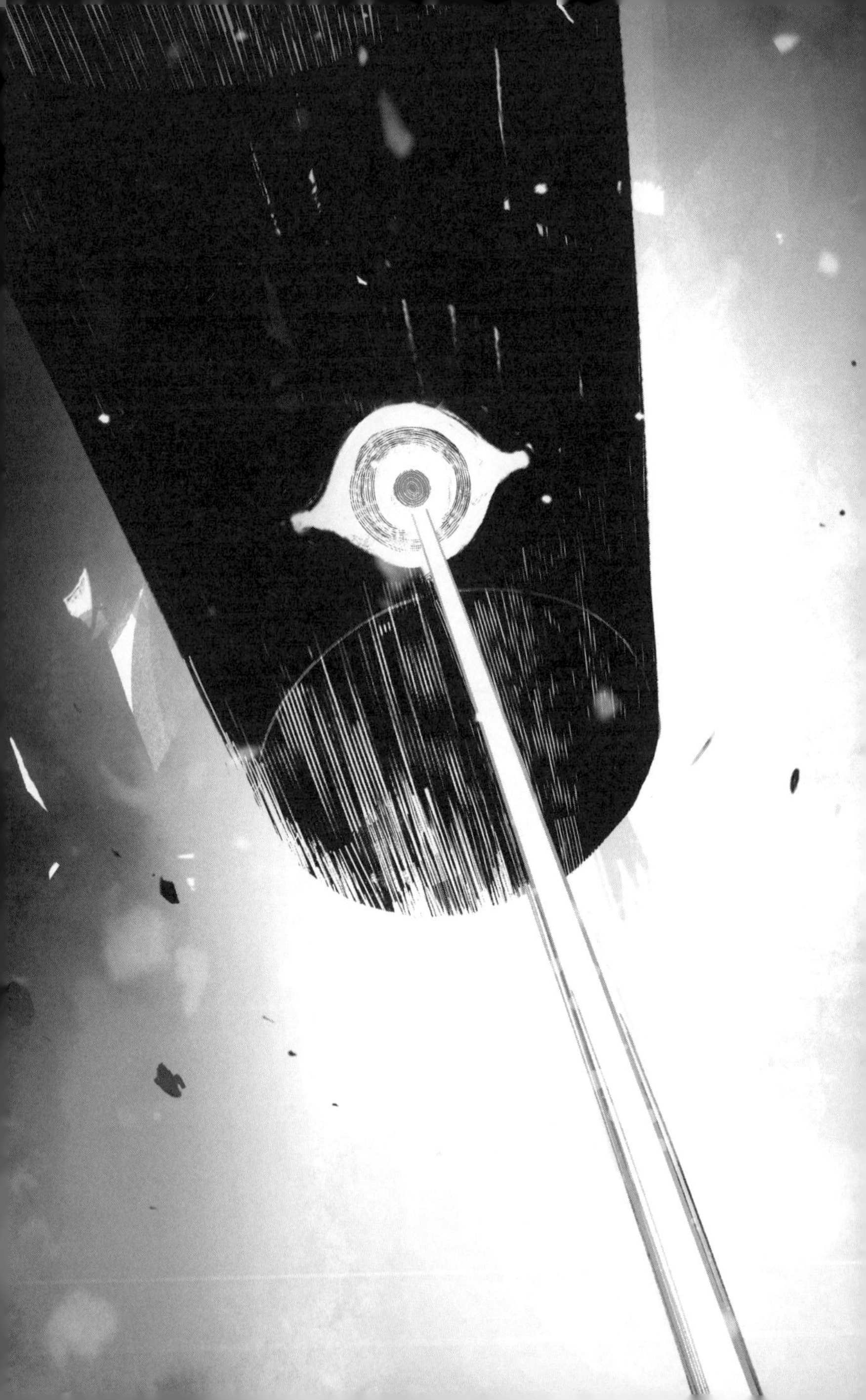

「あれが全力かどうかはわからないけど、シュバイドの盾なら問題ない威力ね。とりあえず、このまま【ギガ・スプラッシュ】を先行させて進みましょ」

「同意見だな」

セティの提案に、シュバイドもうなずく。

念のため、シンは雫型に近い小型の盾を3つ取り出し、ひとつを装備し、残りをシュニーとミルトに渡す。

シュバイドの『大衝殻の大盾』よりも範囲は狭いが、こちらも防御障壁を展開できる。

咄嗟《とっさ》に他のメンバーをかばう必要が出たとき、篭手《こて》や刀よりも多くをカバーできる。一番近い赤き核柱から、攻撃が来ないとも限らないのだ。

「近づくにつれて、威力と連射力が上がってるわ。警戒して！」

赤き核柱まで500メルを切る。

最初は水球を貫くのに熱線を複数集中させた上で数秒かかっていたが、今では熱線の数こそ変わらないが、着弾とほぼ同時に貫通していた。セティが水球の数を増やしても対応している。

ティエラが矢を、ミルトの精霊が水の槍を放つが、こちらも細かく分かれた熱線が撃ち落としていた。

熱線は目の模様がある場所からのみ発射されているが、模様ひとつにつき熱線1本というわけではないらしい。

「ここはあたしとシュバイドに任せてもらえる？」

「適役だな。任せた」

フィルマの提案にシンはうなずく。

硬い障壁を叩き割るのに最適なのは重量のある鈍器系武器。系統は違うが、フィルマの『紅月《こうげつ》』やシュバイドの『凪月《なぎつき》』も武器の重量で叩き斬るタイプだ。

強度も上級クラスの鈍器系武器よりもはるかに高いので、似た状況で任せたこともある。

フィルマの合図で、シュバイドも加速する。飛び出した２人に、水球を撃墜していた熱線が集中した。

「「なんのっ！」」

掛け声が重なった。

フィルマは熱線をかわしながら、ジグザグに走る。時折空中を跳び回るのは、鎧の魔力放出機能で進行方向を変えているからだ。

そんなフィルマに対して、シュバイドは『大衝殻の大盾』を構え、一直線に赤き核柱に向かっていた。熱線が飛んでくるが、それをことごとく跳ね除け、速度を落とすことなく最短距離を突き進んでいく。

２人に熱線を集中させたことで、今度は水球と矢の迎撃がおろそかになる。

赤き核柱の前で弾けた水球が、障壁を叩く。

聞こえてくるのは、ハンマーで地面を叩いたような重い響きだ。1発、2発と続けて当たると、浮かんだ模様にノイズが走る。

そこに矢と水の槍が降り注いだ。貫通こそできないが、数に物を言わせて障壁の表面を削り取っていく。

障壁へのダメージが影響するのか、熱線の数が減った。その隙を逃さず、フィルマとシュバイドが赤き核柱に肉薄《にくはく》する。

両者の武器が光を放つ。

フィルマが赤、シュバイドが緑。赤き核柱には近距離攻撃手段がないのか、妨害はない。先行したのはシュバイド。赤き核柱の根元から、『凪月』をすくいあげるように振り払う。

斧術系武芸スキル【鋼割《はがねわり》】。

ガラスが砕ける音に似た響きとともに、『凪月』が振り切られた。緑色の軌跡が宙に残り、その周囲と延長上の防御障壁がまとめて砕け散る。

【鋼割】は攻撃対象の防御力に比例したダメージ上昇と、外殻や装甲などへの追加ダメージを発生させる。

そこにシュバイドの膂力《りょりょく》と『凪月』の攻撃力が合わさった結果、赤き核柱の防御障壁は攻撃を受けた部分を中心に、7割以上が消滅していた。

そこへフィルマが飛び込む。

ワンテンポ遅れたのは、シュバイドならこのくらいやってのけるという信頼あってのもの。剥《む》き出しになった核に、『紅月』が振り下ろされた。

剣術系武芸スキル【コア・ハント】。

ここまでの戦いで、赤き土塊のコアには、鉱物系に対する特攻能力が効果を発揮することがわかっている。ならば、その大本である赤き核柱にも効果がある可能性は高いと踏んで、フィルマはこのスキルを選択した。

最後の足掻《あが》きか核の前に防御障壁が展開されるが、範囲は狭く、強度もシュバイドが砕いたものには及ばない。

半透明の防御障壁ごと、フィルマの『紅月』が赤き核柱の核を真っぷたつに切り裂く。

ふたつに分かれた核は、空中にとどまることなく地面に落ちた。そして、少しの間をおいて黒く染まる。

「……復活する様子はないな」

「その辺は、土塊のほうと同じみたいね」

武器を構えたまま核の様子を見ていたシュバイドが、完全に機能を停止した核を確認してつぶやく。周囲を警戒していたフィルマも、核を見ながらうなずいた。

先行していた2人にシンたちが追い付く。

2人が戦っている間に別の核柱から攻撃がないか見ていたが、距離が離れているからか、そもそもそんな気はないからなのか、攻撃はなかった。

「このまま進む？」

「いや、この先は核柱がかなり多い。もう少ししたら日も暮れる。距離と敵の配置を考えると、突破するころには夜が明けかねない。今日は一旦下がって休んだほうがいいと思う」

シンの感覚では、ここからが本番。モンスターの配置からも、防衛に力を入れているのは明白だ。体力に余裕はある。しかし、早朝から走りづめなのも事実。

聖地で何が待ち受けているかわからない以上、万全を期したかった。

「だが、敵に防備を固める猶予《ゆうよ》を与えることにならんか？」

シンの言うことも一理ある。そう前置きして、シュバイドが言う。

防衛用モンスターをほとんど一方的に倒す何者かがやってきたのは、すでに伝わっているだろう。守るべきもの、場所の防備を固めようとするのは当然と言えた。

「でも、ここから聖地までまだ距離があるし、このまま進んでも防御を固められるのは一緒じゃない？」

どちらの意見も間違いではない。

ただセティが言うように、聖地までは距離がある。ナンバー43の聖地までのうち、樹海と接していたところから今現在シンたちのいるところまでで、全体のおよそ3分の2。

休まず進んだとしても、数時間どころではない時間がかかるのも事実だった。

「ふむ、無理をするところではない、か」

聖地のある方角を見て、シュバイドはつぶやく。

全員の意見を聞き、短い話し合いの末、一旦距離をとって休むことになった。

シンは気になったことがあったので、食事のあと、シュバイドと話をしようと『月の祠』の外に出る。

「少し落ち着きがない気がするわね」

「かもしれんな」

シンが扉をくぐった直後、フィルマとシュバイドの会話が耳に届く。

「今も大陸のほうじゃ、モンスターが出てるかもしれないものね。そろそろ壁ができるころだけど、やっぱり心配なんでしょ？」

「むぅ」

フィルマの指摘に、シュバイドが唸る。

大陸側で起こったモンスターの大量発生。３つの集団のうちふたつはシンたちが殲滅し、ひとつはシンたちとともにこちらへ渡っている。危機的状況は去ったと言えるだろう。

しかし、意図的な出現だったそれら以外にも、モンスターが出現することはある。また、最後まで姿を現さなかったヴォルフリートの存在も不安材料だ。

少しでも早くこの騒動を片づけて、大陸側にモンスターが出ないようにしたいとシュバイドが焦る気持ちもわかる。

「今までも、大陸をモンスターの侵攻から守ってきた彼らを信じましょ。確かに彼らには、あたしたちのような強さはないわ。でも、決して弱くもない。そうでしょ？」

「そうだな……やれやれ、年をとると心配症になっていかん」

「ちょっと、それあたしにも当てはまるんだからやめてよね！」

口をとがらすフィルマの声で、場の雰囲気が変わる。

自分が出るまでもなかったなと、シンは静かに『月の祠』の中に引き返した。

Chapter 4 灼熱の戦場

THE NEW GATE

一晩休み、シンたちは前日と同様に夜明けとともに行動を開始した。夜間の襲撃はなく、前日に倒した赤き核柱は復活していない。

こちらの出方を窺っているのか、シュバイドが懸念したとおり聖地の防御を固めているのか。わからないながらも、一行は前に進んだ。

一定間隔で配置されている赤き核柱は聖地に近づくほどレベルが上がる、なんてこともなく、攻撃方法や近づいたときの対処も同じだった。

あまりにも順調に進んでいたシンたちの足が止まったのは、防衛線のように並んでいる赤き核柱を6つ越えたときだ。

目の前の赤き核柱へ攻撃を仕掛けた際に、隣り合っていた——といっても距離があったが——別の赤き核柱から熱線が飛んでくる。

いつかくるだろうと警戒していたので、セティとミルトを狙った熱線をシンとシュニーが盾でしっかりと防いだ。

「とうとう核柱の射程が重なりだしたか。楽なうちにもう少し進んでおきたかったんだけどな」

「時間の問題だったし、仕方ないよ」

シンのぼやきに、念のためと水精霊を自身の近くに呼んでいたミルトが反応する。

赤き核柱は聖地を中心に放射状に配置されているようで、核柱同士の間隔は聖地から離れるほど広くなっていた。

逆を言えば、赤き核柱は聖地に近づくにつれて密集していく。聖地目前ともなれば複数の赤き核柱から集中砲火を浴びるのは間違いない。

「ゲルゲンガーは攻撃されていないようですね」

「向こうも近づいているはずだけど、さすがに空には届かないか」

分体はシンたちとともに行動している。シュニーが言っているのは本体のほうだ。

雲の中に隠れながらついてきているのはマップの反応でわかっている。

赤き核柱がどうやってターゲットを捕捉しているのかわからないが、射程外の相手に無駄撃ちはしないらしい。これは敵が陸にいようが空にいようが変わらないのだろう。

「空を飛べれば、一気に聖地に攻め込めるのに」

「道中はいいけど、聖地に降りるときに一斉攻撃を受けるわよそれ」

まだ赤き核柱の密集地帯へと踏み込んでいないがゆえにできる、攻防の間隙。

水分やエネルギー補給のために携帯食を摘みながら、一瞬だけ空に視線を向けたセティがうなる。

進む先に赤き核柱しかいないので、現状では聖地までの空はがら空きだ。

ゲルゲンガーの本体がいるくらいの高度とまではいかずとも、熱線の射程外まで上昇できる騎獣がいれば一日とかけずにナンバー43のいる聖地へ着けるのは間違いない。

ただ、フィルマの指摘どおり、素直に降りさせてくれるわけもない。

陸を行くならば離れたところの核柱は無視できる。

しかし、空となれば話は別だ。熱線が届く範囲にいる赤き核柱から一斉射撃が来るだろう。

スキルによって空中を自在に飛び回れるシンや、装備の能力でちょっとした空中戦ができるフィルマなら避けられる可能性もあるが、他のメンバーは難しいだろう。

フィルマの装備である、『虚漆の鎧』に付けられた魔力放出機能は実にピーキーなので、全員の装備に付与したところですぐには使いこなせない。

動きの鈍いメンバーに集中砲火されたら、逃げ場のない空中では打つ手なしだ。

危険すぎるし、魔力ブーストに使うＭＰは決して少なくない。聖地に着く前にＭＰ切れで墜落する可能性もあった。

「そこは私とシンとシュー姉で、姿を隠すスキルを使うとか防御を固めるとかすれば……むむむ」

「言いたいことはわからなくはないんだけどな」

空から移動して、敵の中心部に奇襲をかける。シンも考えなかったわけではない。

問題は、感知されると逃げ場がないことだ。侵入前に見つかると普通に降下するのと変わらない。

自分たちで試したくはないし、囮《おとり》か何かを使うとしても看破される可能性もあった。

なにせ、他の守護者に成りすますような相手だ。空の防衛がスカスカなのは、わざととも考えられる。

「なんだかんだ言っても、ここまできちゃったら今さらよね」

「それは言わないでよぉ」

敵の防衛線を突き進んでいる真っ最中だ。フィルマの言うとおりである。

セティも本気ではないのは明白だ。唇を尖らせてうなってみせても、補給から攻撃へ転じるタイミングは微塵もずれない。集中力を切らさないための、他愛のない会話なのだ。

「残り、およそ1ケメルです」

さらに進むこと数時間。シュニーが聖地までの距離を告げた。

ここまで来ると、もうどこを向いても赤き核柱だらけだ。当然、全方位から熱線が飛んでくる。

シュバイドを先頭にシュニーとミルトが左右、シンが後方を守る形でフォーメーションを組み、熱線を防ぐ。

小型の盾は、【大衝殻の大盾】と同じ広範囲に防御障壁を張れるタイプに、全員が持ち替えていた。

フォーメーションの中心からはティエラが赤き土塊を、セティが赤き核柱をターゲットに矢と魔術を放っている。

「倒すまでやってたらきりがない。攻撃は核柱への牽制と進路上の土塊に集中。こちらに攻撃させないようにして横を抜けるぞ」

1体1体はたいした相手ではない。だが、瞬殺できるほど弱いというわけでもない。

聖地の外壁が健在なのはすでに見えているので、中に入ってしまえば攻撃はやむだろうと、移動に重点を置く。

複数の核柱に遠距離から熱線を集中されると受け止める側も消耗するので、セティの魔術を近い位置の核柱に集中させて熱線を撃たせないようにし、壁代わりにする。

壁代わりにされている核柱とてまったく撃ってこないわけではないが、ある程度までなら受ける側の負担も少ない。

『入り口が見えないけど、どうするの？』

『外壁をぶち破って中に入る。周りを移動して確認するわけにもいかないし、まともな入り口があるかもわからないからな』

シンの耳に、空気を震わせることなく声が届く。今回の心話はメンバー全員が聞けるようにしてあるので、セティだけでなくシュニーたちからもすぐに返事が来た。

会話方法を心話に変えたのは、熱線が盾に弾かれ地面に着弾すると込められたエネルギーを発散させるように爆発が起きるからだ。

ひっきりなしに起こる爆発のせいで、声による会話は難しい。戦闘中にまともな意思疎通ができないのは致命的なので、聖地の中に入るまではずっと心話で話をする予定だ。

「さて、突入準備といくか」

雨のような熱線を防御障壁で防ぎながら、シンはある槍を具現化する。

槍といっても、滑り止めも兼ねた20セメルほどの持ち手以外は何の装飾もない。あるのは螺旋《らせん》を描く刃。回転運動による掘削《くっさく》を目的とした形状のある種のロマン武器。

古代級《エンシェント》の投擲槍《とうてき》『エウラドル』。プレイヤー間では『ドリル槍』として有名だった装備である。刃の部分はおよそ1・5メル。投擲と同時に高速回転を始め、人だろうがモンスターだろうが岩盤だろうが、関係なく穴を開ける。

とにかく固いものを掘ることに特化した武器で、鋼鉄並みの外皮を持つ、多重の防御障壁を展開するなど、ひたすらに硬いモンスターを倒すためにある。

ネタ装備として扱われることの多かった『エウラドル』。しかし、有効な使い方を見つけたプレイヤーもいた。

それが、対城、対外壁破壊兵器としての使い方だ。『エウラドル』に限った話ではないが、武器に時限式の自爆機能をつけて遠距離から投擲するのである。

複数の『エウラドル』を壁に食い込ませ、爆破する。それは一時期、外壁崩しのスタンダードにまでなったほど効果があった。

『投擲する。ユズハ、カバー頼む！』

シンは敵が予想外の攻撃をしてきたときのために、攻撃に参加させずにいたユズハに盾を渡す。

人型でもモンスターとしてのステータスは健在だ。衝撃に負けることなく、ユズハの構えた盾による防御障壁は熱線を跳ね返す。

防御をユズハに任せ、シンは『エウラドル』を構えた。

走りながら槍を投擲するのは久しぶりだが、体は覚えているようで狙いがぶれる心配はない。

懸念があるとすれば、セティの魔術のように熱線によって撃ち落とされること。

しかし、そちらも問題ないとシンは思っている。ゲーム時代も防衛側が同じようなことをしてきたからだ。

ブームになっただけあって、『エウラドル』の改良には様々なバリエーションが作り出された。鍛冶師によって様々なタイプの『エウラドル』が作製され、どれだけの戦果を挙げたかで盛り上がったこともある。

そんな経験を生かしたのが、シンの手にある最新版の『エウラドル』だった。

『いくぞ！』

合図とともに、地面を蹴る。体が先頭を行くシュバイドの頭上を越えたところで、握り締めた『エウラドル』を投げ放った。

ナンバー43の聖地の外壁がどれほどの強度かわからないので、【制限《リミット》】を解除した全力投擲だ。

シンの手を離れ『エウラドル』は、狙った外壁の一点まで一直線に飛翔する。

外壁に近づくほど赤き核柱の密度が上がるが、ほんの数ヶ所、外壁まで障害物無しで到達できるルートがあった。そこをシンは狙ったのだ。

シンたちが進むルートと被っているので、赤き核柱が『エウラドル』を撃ち落とすためには、核柱同士の隙間から見えたところを狙い撃つか、最悪味方の核柱ごと撃ち抜くしかない。どちらにしろシンたちに有利に働く。

外壁を狙うという意味では核柱を飛び越えるように投げてもよかったが、弧を描くように飛ぶ上に空中には障害物がない。飛翔時間も延びるので狙い放題。

当然、撃墜される可能性も高まる。それゆえの、遠距離低空投擲だった。

『熱線がそれてくわね』

『速度、貫通力に加えて、飛んでく時の防御力にも気を使った一品だ。これを一斉に投げる投擲部隊とかいたからな。壁が一気に瓦礫《がれき》に変わるのは見ものだったぞ。攻撃されるほうは悪夢だったろうけど』

呆れたようなセティの言葉に、シンはゲーム時代のワンシーンを思い出す。

刃の螺旋構造は壁を掘り進んでいくだけでなく、飛翔時の回転をより高速化する。

さらに付与した風魔術も、回転速度を増加させるとともに『エウラドル』の周囲に防御障壁に似た効果を発生させる。

スキルで発動させる防御障壁ほどの能力はないが、それに回転が加わることで攻撃をそらす効果が生まれる。

ゲーム時代は矢や軽めの投擲物、数で弾幕を張るタイプの魔術くらいなら弾いて進んでいた。

今回は投げたのも手を加えたのもシンだ。

飛翔速度からして桁違い。赤き核柱の雨のような熱線が、『エウラドル』の残像を撃ち抜いている。飛翔速度に、対応できていない証拠だった。

数に物を言わせているため、中には少ないものの命中コースを通る熱線もある。

しかしセティの言葉通り、『エウラドル』本体に届く前にぐにゃりと方向を変えて、空や地面、ときには別の核柱に当たっていた。

「どうなる？」

熱線の弾幕を突破した『エウラドル』が、外壁に突き刺さったのを確認してシンはつぶやく。それに応えるように、外壁が光に包まれた。

光に目を焼かれぬように、光源から目をそらしたシンたちの耳に爆発音が届く。さらに、ガラガラと何かが崩れ落ちる音も後に続いた。

土煙で外壁がどうなったのかすぐには確認できない。シンは【透視《スルー・サイト》】で煙の中を見ようとしたが、それより先にどろどろに溶けた溶岩が外壁の奥から流れ出てきた。

『くぅ？』

ユズハが突然、ぴんと耳を伸ばした。溶岩を見ながら、何かを探るように伸ばした耳をぴくぴくと動かしている。

『中がマグマみたいになってるかも、なんて思いつきで言ったけど、当たっちゃったね』

『熱対策はしてるとはいっても、当たってほしくなかったな』

流れ出た溶岩は大地を焼きながら広がり、近くにあった赤き核柱を呑み込んでいく。よほど温度が高いのか、数十秒ほどで赤き核柱は傾き、核ごと溶岩の中に沈んでいった。

溶岩は外壁の内部から流れ出続けており、どんどん外に広がっていく。シンたちよりも、赤き核柱のほうが被害が大きい。

『あそこからは入れませんね。あの様子では、地下からの侵入も難しいでしょう』

『壁を上って上から行くしかないか』

取れる手段は少なかったが外壁を破壊できなかった場合、もしくは破壊した場所から入れなかった場合のプランはいくつか考えていた。溶岩が溢れてきたことを考えれば、シュニーの言うとおり地下からいくのは危険だ。

残るは外壁の上からの侵入である。

シンたちは今も広がり続ける溶岩から距離をとりながら、大回りで外壁に近づく。赤き核柱が溶岩に呑み込まれていくおかげで、弾幕が多少薄くなっていた。

シンはユズハに防御を任せたまま、外壁のさらに上を狙って魔術を放つ。

光術系魔術スキル【レイ・ライン】。

以前、エルクントで訓練をした3人のうちの1人、エルフのレクスが使っていた電撃に任意の軌道を通らせる雷術系魔術スキル【サンダー・ライン】の光術バージョンだ。

シンが描いた軌道は、上空に上がってからくの字に曲がって外壁の上を通り過ぎるという単純なもの。20発ほど横並びに発射された光弾は、熱線にいくつか撃ち抜かれたものの、半分は描かれたとおりの軌道を通って外壁のうえを通り過ぎ内部へ消えていった。

魔力はほとんど込めていないので、すぐに消えたはずだ。

『外壁の上は見えない壁で覆われているってこともないらしい。このまま一気に上るぞ』

かつて最初に訪れた国、ベイルリヒトから転移させられた聖地では、外壁の上は不可視の壁によって覆われ、外にでることも中に入ることもできないと言われていた。

その可能性を考えて魔術を先行させたわけだが、こちらはそういったことはないようだ。光弾を迎撃したのは赤き核柱の熱線で、内部から攻撃はなく見えない壁に当たってもいない。

(中は本当に溶岩が溜まっているだけなのか？　いや、そんなはずはないだろ)

シンの内心をよそに、一行は外壁へと取り付いた。壁に取り付いていても熱線がやむことはなかった。

壁を上るスキルを使い、とどまることなく一気に外壁の上へと移動する。

ティエラとセティは壁を上るスキルを持っていないが、カゲロウが2人を乗せたまま上れることは確認済みだ。

20メルはある外壁を上りきると、熱線が飛んでくることはなくなった。

壁の厚さは5メル以上あり、壁の外縁際に寄らなければ、赤き核柱からシンたちの姿は見えない。

熱線が曲がって飛んでくることもないので、ひとつ目の難関は突破したと考えていいだろう。

ばれているとは思うが、念のため全員に【隠蔽《ハイディング》】をかけておく。

「壁の穴から溶岩が出てきたときにすごいことになってるだろうとは思ってたけど、こいつはまた」

警戒しつつ壁の内側に近づいて聖地の中を見たシンは、その光景にうなった。

聖地の中が溶岩で溢れているのは予想したとおり。

違うのは、建物が残っていることだ。もちろん、ただの建物ではなくなっている。

いくら『栄華の落日』前の建物だったとしても、高温の溶岩の中に沈んでも何の影響もないなんてことはない。

耐えられるものもあるだろうが、大抵はモンスターの攻撃で破壊される程度にはもろいのだ。溶岩など浴びればどろどろに溶けてしまう。

シンが驚いたのは、建物がすべて透明感のある結晶のようなものになっていたからだ。

小さな商店からプレイヤーがクエストを受けていた冒険者ギルドの建物まで。大小問わず、すべてがそうなのである。

聖地内に溜まっているのがただの水であれば、さぞ幻想的な光景だったことだろう。

だが、聖地内を満たしているのは赤や黄色といった色合いの、水よりも粘り気のある溶岩だ。

壁の上にいるにもかかわらず、熱気がシンの全身を焼こうとしてくる。近づきすぎればそれだけで全身が火達磨《ひだるま》になるだろう。

そうならないのは、ステータスの高さと装備による防御があるから。現実世界なら、耐火服をはじめとした重装備に身を包まなければ生きていられない環境である。

『溶岩の中でも生きていられるモンスターだけが生存を許されているようですね。しかし、建物のあの様子は一体』

『モンスターはまあ、似たような超高温のエリアで見たことがあるやつばかりだから理解はできる。でも建物はおかしいよな。あれ、『界の雫《しずく》』に近い状態になってるぞ』

会話方法を心話に切り替え、シンはシュニーの言葉に答える。

その言葉通り、結晶に変化したように見える建物の数々は、高い魔力を保持しているのがシンにはわかった。

『界の雫』に近いが、そのものにはなっていない。まだ状態としては魔石のほうが近いだろう。鉱物扱いでもあるので、【鑑定】がその正体を教えてくれた。ただ、なぜ建物が『界の雫』になりかけているかまではわからない。

『ここ、地脈が通ってる』

『そうなのか？』

ユズハが眼下の街並みを見ながら告げた。プレイヤーはそこまで関わりがなかったので、地脈に関連するスキルを持っている者は少ない。シンもだ。

ただ、地脈の通っている場所はいいアイテムが手に入りやすかった印象がある。鉱脈に重なっていれば、極稀《ごくまれ》に『界の雫』が出たこともあった。

『地脈の影響か?』

『間違いない。でも、ここの地脈はおかしい。力が集まりすぎてるのに、すぐにわからなかった。こんな状態なら、離れてても違和感があるのに』

確認したシンに、ユズハは目を細めながら答えた。

尻尾がゆらゆらと波打っている。壁を破壊したときに耳をぴんと伸ばしていたのも、そのせいらしい。

『たぶん、この外壁が原因よ。内側にたまった力を外に逃さないようにしてるんだわ』

『宵月《よいづき》』で外壁をコンコンと叩いていたセティが、ユズハの疑問に答えを出す。セティも壁が壊れた瞬間に、一気に魔力が噴き出すのを感じたという。

『それについては同意見です。ここの守護者は他と違う試みをしているのは間違いないですね』

近づいてきたシュニーもセティの意見に賛同した。聞けば、シュニーたちほどではないがティエラも違和感を感じたらしい。

『確認なんだが、ここの地脈はおかしくなってるのか?　それとも、この壁のせいで魔力溜まりみたいになってるだけか?』

力の流れがせき止められているだけならば、外壁を破壊すれば元に戻るだろうか、とシンは問う。

それに答えたのはユズハだ。

『地脈が歪《ゆが》んでる。すぐにってわけじゃないけど、放っておくと強いモンスターがどんどん生まれると思う』

規模が違うので、普通の魔力溜まりとは比べ物にならないレベルのモンスターが生まれるとユズハが言う。

それが目的なのかもしれないとシンは思った。そうやって生まれた強力なモンスターを配下にすれば、ナンバー37の領域だけでなくイレブンの聖地も制圧可能になるだろう。

今まで集めた情報どおりなら、うなずける話だ。聖地の周辺に大量に配置された赤き核柱も、それによって生み出されたのかもしれない。

『守護者本体が見つかれば、一気に片付けられるんだがな』

灼熱の街並みは建物自体が少なく、これといって特徴的なものもない。そのため、シンの記憶にある主要都市のどれとも一致しなかった。

記憶と一致しなくとも、いかにも敵の根城ですと呼べるようなものがあればそこに向かえばよかったのだが、それもない。

モンスターはどれもシンの知るものだったが、重要なアイテムを持った種類やランクの個体もいなかった。

『何かわからないか？』

『妙ですな。コアの気配がひどく曖昧です。聖地内にあるのは間違いないはずですが、正確な位置がまったくわかりません』

体を小さくし、カゲロウの背に乗って移動していたゲルゲンガーが人型に戻ったのでシンが問いかけると、眉根を寄せてそう返してきた。コアを感知する能力を頼りにできないかと思ったが、当人（？）も困惑しているようだ。

『一気に固めて、中を探るしかないか』

シンは、赤き土塊や核柱相手には使わずに温存しておいたスキルの使用を検討する。

壁の上に敵の姿はなく、射線が通らないので核柱からの狙撃もない。多少考える時間はあった。水術を使用した溶岩の凍結は、シンたちにとっても悪い話ではない。いくら対策を採っているとはいえ、足場の少ない溶岩の流れる街に下りるのはさすがに危険だ。

『ねぇ、ちょっといいかしら』

シンたちが意見を出し合っていると、黙っていたティエラが手を挙げた。

『すごく薄っすらとした感じなんだけど、あそこのまわりに瘴気の気配がするの。これっておかしくないかしら？』

瘴気が出ている。その言葉に、一同はティエラの指差す先に目を向ける。

シンたちから見て、聖地の中心よりやや右奥。

溶岩で半分以上隠れてしまっているせいで見えにくいが、他に比べると多少建物部分が多めに残っているかな、程度の印象しかない場所だ。

『くぅ、詳しく見る』

ユズハがティエラの手を取る。それだけで、瘴気を感じ取る力を増幅できるらしい。

時間にして30秒ほど。件《くだん》の場所を凝視していたティエラがうなずく。

『ユズハちゃんのおかげではっきり見えた。間違いないわ。瘴気はあの建物の地下から出てるみたい』

瘴気の発生源が「いる」もしくは「ある」かまではわからないようだが、それでもあの一点だけ明らかに他と違うとティエラは断言する。

ティエラと手を繋いでいたユズハもうなずいていた。

地下と聞いて、シンは【透視《スルー・サイト》】を使用して発生源を確認しようとした。しかし、ある程度進むとスキルを阻むように靄《もや》のようなものが視界を遮る。

『発生源を目視するまではできないか。でも、この状況じゃ他にそれらしきものはないしな』

あからさますぎて、罠という可能性も浮かんだ。それでも、シンは攻撃を決める。

シンたちがここにいるのは、すでにばれているのは間違いない。

いくら赤き核柱からの攻撃が届かないとはいえ、何もしてこないのは不自然だ。相手のほうも、シンたちに対して何かしようとしていると考えたほうがいいだろう。

『【アブソルート】で様子を見る。シュニーも同じのを頼む。セティは何か出てきたときのために一点集中のでかいやつを準備していてくれ』

『わかりました』

『任せて』

ステータスの【制限《リミット》】を解除したシンが放つスキルに、水術の中でも氷系統に秀《ひい》でたシュニーのスキルを上乗せだ。かつて騒ぎになったのに近い威力が出るとシンは予想している。

フィルマたちには周囲の警戒を頼んだ。大技の準備に入ったとわかれば、邪魔をするか、もしくは先制攻撃を仕掛けてくる可能性もある。

『3秒カウントでいく。3、2、1』

タイミングを合わせてスキルを発動する。魔力が変化した冷気の流れが空中に白い帯を残し、ティエラの指し示した建物の上空で収束した。

水術系魔術スキル【アブソルート】。

30セメルほどの球体となった冷気が、爆発的な勢いで解放される。

ゲーム時は極寒の冷気としか表記されていなかったそれは、現実世界でいうところのマイナス200度前後。そんな冷気が1000度を超える溶岩と接触する。

高温と低温のぶつかり合いは、ガスの抜けるような音とその後に続いたパキパキという氷にひびが入るような音が響いただけで終わった。

魔術という、物理法則を無視したような現象が起こる世界だ。溶岩と冷気の戦いも、それを作り出している者たちの力量によって変化する。

今回は、シンたちに軍配が上がった。魔力の球体の直下にあった建物がまず瞬時に凍りつき、ついで周囲を流れていた溶岩が動きを止める。

まるで早送りの映像でも見ているように、冷気はその支配域を広げていった。見る見るうちに溶岩の流れは止まり、『界の雫』となりかけていた建物も白く染まる。

凍結作用は溶岩の海にとどまらず、外壁に触れれば伝うように外壁全体を、モンスターに触れればその全身を凍らせていく。

外壁は内側だけでなく上部、さらに外部まで凍っていく。

外壁を凍らせつくした冷気はそれでも勢いが衰えず、シンの開けた穴から流れ出ていた溶岩や聖地周辺に配置されていた赤き核柱までも大地ごと凍結させた。

『わかってたけど、足元まで冷気が迫ってくるのは心臓に悪いわ』

『それは同感』

核の内部まで凍りついたのだろう。赤き核柱の核が地面に落ちて粉々に砕ける音を聞きながら、ティエラは小さく息を吐く。その隣で、セティも少しほっとした様子だ。

静かな、それでいて圧倒的な冷気の波は、シンたちのいる外壁にも迫った。

シンの魔術への抵抗力を受けて勢いの弱った冷気を、シュバイドの『大衝殻の大盾』やフィルマたちに渡した盾の障壁で防いだのでダメージはない。

外壁の上部で無事なのは、シンたちを中心とした直径5メル程度の空間だけだ。

『じゃあ、こっちもでかいのいくわよ！』
冷気の猛威《もうい》が過ぎ去ったのを確認して、セティが準備していた魔術を解き放った。
瘴気が出ていた建物の上に、細い光の柱が空から降りてくる。そして、その数秒後、直径10メル
ほどの巨大な光線が建物ごと地面を貫いた。
光術系魔術スキル【メテオライト】。
光線系とも呼ばれる貫通力に秀でたエネルギーを発射するスキルの中でも、とくに貫通力が高い
スキルだ。
最初の細い光はあとから降ってきた光線の着弾点を指定する誘導光であり、それが照射された場
所が中心になるように一本の太い光線が降ってくる。
今回は空からだが、誘導光を横向きにすればその方向に照射することも可能だ。本体の発射地点
は誘導光の向きや位置によって変わる。
「ティエラ、瘴気はどうなってる？」
ここまで派手にやったらもう心話を使う必要もないだろうと、シンは声に出してティエラに問い
かける。
「今のところ、何も感じないけど」
ティエラはもう一度ユズハに力を借りて、建物があった場所のあたりを探っている。過去形なの
は、もう建物が跡形もないからだ。

【メテオライト】の光は、30秒ほど照射された。

光が消えた後には、文字通り何も残っていなかった。

あったのは光の柱と同じ直径の穴。セティの放った一撃は建物も地面も消し飛ばし、聖地の一角に大穴を開けていた。

まさかこれで終わりか。そう考えていたシンの探知範囲に突如大きな反応が現われる。場所はさっきまで建物のあった、今では大穴しかない場所だ。

マップ上のマーカーの大きさが穴とほぼ同じなのは、何か理由がありそうだ。

「地下に反応があるわ。だぶん瘴魔《デーモン》よ。ゆっくり上がってきてるみたい」

反応が現われたのとほとんど同じタイミングで、穴からどす黒い煙のようなオーラがあふれ出てきた。これだけはっきりしていれば、ティエラのような優れた探知能力がなくてもすぐにわかる。

シンはセティに向き直り、告げた。

「セティ、追加をお見舞いしてやれ」

「オッケー！」

これが守護者だけならば、姿を見せるまで待つという選択肢もシンは考えた。

しかし、瘴気を撒き散らしている時点でそれはない。もし瘴気を放出しているのが守護者だったとしても、侵食されている状態で他の聖地の守護者のように交渉を持ちかけてくるとは思えなかった。

よしんば交渉を提案してきたとしても、それに応じる気はない。そして、方針が決まっているのならわざわざ相手の準備が整うのを待つ理由もない。

セティは容赦なく、追加の【メテオライト】を大穴に向かって放つ。

装備の補助も含めると【メテオライト】は本来もっと広範囲を巻き込むスキルだが、セティのそれは少し違う。こちらの世界だからこその応用で、範囲を狭くし威力を上げている。

当然、貫通力も上がっている。それをシンが強化した『宵月』の補助を受けて放つのだから、威力はゲーム時代のものを軽く上回る。

シンの感知能力が、セティの光線が地下から上がってくる相手に命中していることを教えてくれた。それでも上昇速度はあまり落ちない。

「これだけ撃ち込んでも止まらないなんて……もうすぐ出てくるわよ！」

地上まであと20メルほどのところで、セティが叫んだ。ＨＰが見えないので、ダメージがどの程度与えられたかも未知数だ。

しかし、相手が姿を現すより先に、地上に変化があった。

パキリパキリと氷の割れる音がする。発生源は大穴の近くからだ。時間が経つにつれ、大穴の周囲の氷が溶け、湯気が立ち始める。

「なるほどね。セティの攻撃を受けても速度が変わらないわけだわ」

――【境％＝＃護＆　レ＃Ｙ７Ｗ５　憑！＊＋＄≧】

フィルマのつぶやきに応えるように、シンの【分析《アナライズ》】が正体を看破しようとする。

だが、初めて守護者を【分析《アナライズ》】したときのように、表示される情報は文字化けしていた。まだ完全に姿を見せていなくとも、対象としては認識されているようだ。

シンたちの視界の先で、熱を帯びた溶岩が再び流体と化す。固まっていた溶岩は大穴の中に流れ込み、数分と経たぬうちに、地下からせり上がってきた分と合わさり溢れ出す。

溶岩が波打つ様は、まるで噴火寸前の噴火口のようだ。しかし、盛り上がってきた溶岩には決定的に違うところがある。あふれたのはわずかな量で、残りはそのまま空中に吸い上げられるように上へ上へと盛り上がっていくのだ。


――――【境%の守護&　レ#ル7W5　憑依：$＞】

溶岩はさらに空中で形を変え、巨大な人型になった。

見た目は赤き土塊とよく似ていて、長く伸びた上半身と腕、あとは頭に相当する部分があるだけ。違うのはその大きさと、顔と胸に大きな光る球体が浮かんでいること。

所々白くも見える赤い巨人にヘドロのような色合いの球体がはまっているのはあまり見栄《みば》えのいい光景ではなかった。


――――【境界の守護者　レベル755　憑依：瘴魔《デーモン》】

赤い巨人が形を成す様を待っている間に、【分析《アナライズ》】が仕事をやりきる。文字化けは消えさり、はっきりと正体が表示されている。

「俺の【分析《アナライズ》】はあいつが本体だっていってる。そっちはどうだ？」

「私も同意見でございます。あれが出現してから、存在がはっきりと感じられるようになりました」

確認を取ったシンに、ゲルゲンガーも間違いないとうなずく。今まで存在がはっきりしなかったのは、聖地内にたまった溶岩の中に溶けていたからだろうと予想を口にする。

「おまけに瘴魔《デーモン》が憑依してるみたいなんだが、そこはどう見る？」

「私にはそこまで感じ取れませんが、ないとは言いきれませんな。守護者が他のモンスターとは違うとはいえ、この世界の法則から完全に外れているわけではありません。より強い力を持った相手に後れをとることもありましょう」

タイプとしては、寄生型に分類される瘴魔《デーモン》だろう。寄生型は多くが人を対象にしていたが、モンスターが対象になることもあった。

「寄生型って、守護者にまで取り付けるのか。ちょっと設定考えた人を殴りたいんだけど」

もともとゲーム時代も厄介な相手と認識されていた寄生型。ミルトが嫌そうにつぶやくのも仕方のないことだろう。

「寄生されている状態から引き剥がす方法を俺たちは知らない。倒すぞ？」

「それしかないでしょう。いつまでもいいように使われるのは、ナンバー43も屈辱でしょうから」

コアごと倒すと宣言したシンに、ゲルゲンガーは悲しげな表情をしながら返した。

確認を取ったシンは、武器を握り直して守護者を見る。

聖地内を満たしていた溶岩はすべて守護者に吸収され、『界の雫』になりかけた建物の残骸だけが残っていた。

地面や壁は熱を帯びているようだ。熱に対する防備は完璧なので、地面や壁に接触しても肌を焼かれることはないし、高温の空気を吸って肺を焼かれる心配もない。

気をつけるべきは本体からの直接攻撃だ。熱は防げても、物理ダメージを無効化できるわけではない。巨大であるというのは、それだけで強力な武器だ。

「まずは俺とシュニーの水術で表面を削る。その後は各自、あれの反応を見ながら攻撃に参加してくれ。あと、敵があれ一体とは限らない。周囲の警戒も怠るなよ」

シンとシュニー以外は、戦い方がおおよそ決まっている。

物理攻撃で削れそうならフィルマやミルトも積極的に参加してくるだろうし、魔術方面ならセティが中心になるだろう。ティエラの矢も、スキルを使い分ければ物理と魔術の両方に対応可能だ。

カゲロウはティエラ、セティ、ユズハを乗せて、移動と護衛を兼務。

ユズハはティエラとセティの攻撃にブーストをかけつつ、不測の事態が起こったときのために、状況を見守ることになっている。

「いくぞ！」

シンの掛け声とともに、一斉に走り出す。

壁の上部から側面へ。シンたちはスキルで、カゲロウは自身の能力で壁を垂直に駆け下りていく。

シンたちに少し遅れて、守護者も動き出した。

頭部に相当するだろう部分の球体が強く発光し、シンたちへの敵意が伝わってくる。今まで動かなかったのは、何か理由があったと考えるべきだろう。

「先手を取る」

「はい！」

ひらりと地面に降り立ったシンとシュニーが、再度【アブソルート】を発動させる。

守護者の頭上で冷気が収束し、球体になった。だが、それが解放されるより先に守護者が動く。

溶岩で構成された巨体はシンたちが思っていた以上に機敏だった。

両腕を伸ばし、手のひらを合わせるようにして頭上の冷気を包み込んだのだ。

腕の先端が手の形をしているとはいえ、指の造形は大雑把だ。五本ある指もいつ形を失ってもおかしくない。

だがそれゆえに、きっちりとした形をしていたらできないであろう、球体を完全に包み込むということを可能にした。合わさった指は境界面がなくなり、ひとつの固まりとなっている。

溶岩に完全に閉じ込められても、収束した冷気は溶岩の熱にかき消されることなく極寒の風を解放した。

冷気の固まりを覆っている手の部分は瞬く間に凍結し、腕全体へと広がっていった。

しかし、それは肩に届くかといったところで止まる。腕全体から湯気が立ち上り、凍結していた溶岩が再び熱を取り戻していく。

ただ、完全に元通りというわけでもなかった。

熱を取り戻せたのは人でいうところの肘《ひじ》の先あたりまでで、そこから先は凍りついてからさらに砕けている。砕けた手のひらの中に、冷気は残っていない。

『【アブソルート】を封じ込めるか。でも、わざわざ対処したってことは放っておけるほどじゃないって感じだな。少なくともＨＰは減ってる』

『一時的に体の温度を上げてるみたいだね。凍った腕が戻ったら、温度も下がってるよ』

走りながら、シンは守護者の動きを観察する。ばらばらに動くので情報共有は心話で行う。

近くを走っているミルトが、対象の温度を見る【熱源視《サーモ・サイト》】で得られた情報をメンバー全員に伝えた。

『凍りついた部分を吸収する様子はありませんね』

砕けた肘から先は、地面に落ちてさらに細かく砕けていた。

それらは数秒で水が蒸発するように消えていく。冷えた溶岩として残ることはないようだと、シュニーが冷静に伝えてくれた。

本体のほうは、流体ゆえか煮えたぎる溶岩に戻った体から、新しい腕が生えてきている。

不定形ゆえに、部位欠損などはさほど時間をかけずに直せるのだろう。動きにもぎこちなさはない。

『本体は何事もなかったみたいに動いているが、HPは確実に減ってる。本体から切り離されると、もとに戻れないのかもしれない。削るか、切り離す感じの攻撃を試してくれ』

そう伝えるシンの周囲には、長さ1メル、直径5セメルほどの青い色をした氷の槍が出現している。

シンを中心に宙に浮いているそれらは、最初に出現した位置から落ちることも、シンの移動においていかれることもない。シンとの距離そのままに、ついてきている。

水術系魔術スキル【ブルー・イローション】。

プレイヤーのステータスに応じて最大8本の氷槍を撃ち出すスキルだ。

氷の槍を撃ち出すだけなら、同系統の【アイス・ランス】のほうが同時に放てる数も威力も上。シンがそれを選ばなかったのは、【アイス・ランス】にはない特性があるからだ。

シンが腕を振ると、氷槍は風を切って守護者へと飛んだ。

8本の氷槍はきらきらと光る軌跡を残し、叩き落とすように振るわれた守護者の腕をかわして、胴体に3本、振るわれた左腕の境目に1本、防御した右腕に3本が命中する。

そして、残る1本は胴体と頭の付け根——完全な人なら首と呼べる場所——あたりに突き刺さる。

刺さったのは先端から30セメルほどで、守護者の巨体からすればたいしたことではない。人のように筋肉や骨といった器官があるわけでもないので、何も感じていないように動く。

「やっぱり、凍らされてから温度を上げてるみたいだね」

ミルトの台詞と、守護者の左腕が付け根から折れるのはほぼ同時だった。

岩の砕けるような音とともに胴体から分かたれた左腕は、氷槍の刺さっていた箇所から先端に向けてわずかな時間差で一気に凍りつき、地面に当たると粉々に砕ける。

腕は凍り付いても胴体はほとんど凍っていないあたり、何か違いがあるのだろう。

【ブルー・イローション】で作製される氷槍は、刺さった場所とその周囲を凍らせる効果がある。

炎なら火傷、雷なら麻痺に代表されるように、副次効果に重点をおくスキルである。

シンの【ブルー・イローション】で動きが鈍る守護者の全身で、今度は白い爆発が起きる。

舞い散るのは氷の破片と白い蒸気。シュニーの放った【アイス・エクスプロージョン】だ。

【ブルー・イローション】と同じ水術系魔術スキルで、シンのそれが着弾点を起点にして中と外を同時に凍らせていくのに対して、シュニーのそれは表面を広範囲に凍結させるのに重点が置かれている。

前者は体内まで凍らせるが範囲が狭く、後者は表面だけだが範囲が広い。

「【ブルー・イローション】のほうが効果がありますね。頭や胴体への攻撃を嫌っているようにも見えますし。不定形モンスターに多い、それらしく見えるだけの飾りというわけではないのかもしれません」

折れた左腕に、凍りついて動きが鈍る右腕。胴体と同じく氷槍が3本刺さって凍りつきつつある右腕は、頭部と胴体の中心を守る位置取りだった。

胴体は多少凍りつきはしたものの、刺さったのが端のほうだったからかダメージはほとんどなくすぐに熱を帯びてもとに戻っていた。

そこへ、シンとシュニーの魔術を追うようにして白い竜巻が飛来する。ちょうど守護者がすっぽりと納まるくらいの小規模な竜巻は、その冷気によって守護者の全身を冷却していく。

『セティの魔術のあとに仕掛けるわ』

『我も合わせよう』

竜巻が晴れたとき、全身を氷に包まれた守護者の姿があった。そこへ追い討ちをかけるように、魔力噴射で飛んだフィルマが頭部へ、シュバイドが『凪月』の投擲によって胴体へ攻撃を仕掛ける。くわえて、2人の攻撃を縫うようにティエラの放った矢も飛来する。

『気をつけて、守護者の温度が一気に上がった！　何か仕掛けてくるかも！』

スキルを継続して使用していたミルトが、2人と同じく心話で叫ぶ。それを肯定するように氷漬けだった守護者の体から溶岩が触手のごとく伸びた。

凍り付いていたのは体の表面だけだったのだろう。体中を覆っていた氷を割り砕いて伸びる溶岩の触手は、胴体や残っていた右腕から殻を突き破るように生えている。

フィルマは迫ってきた触手を切り払ってその場を離脱。

シュバイドの投擲は束になった触手によって軌道をそらされた。

ティエラの放った矢も、内部温度の高まりのせいか氷を貫いたところで止まってしまっている。

『温度の変化はどうなってる？』

『最初に上がり始めたのは胴体だね。そこから全体にって感じ。アラハバキがもとになってるなら、普通のゴーレムみたいなコアはないはずだけど。今はゴーレムというよりスライムみたいだから、胴体に何かあるのかも』

攻撃には参加せず、守護者の観察に徹していたミルトが事前に得ていた情報から自らの考えを伝えてくる。

アラハバキは高温に熱せられた鉱石で体が形成されているモンスターだ。弱点となるコアはなく、ひたすらＨＰを削って倒すしかない。

瘴魔《デーモン》に憑依されているからか、今の守護者は基になったモンスターの特徴があまりない。明確なのは体が高温の物質でできているといった点くらいだ。

聖地のコアをエネルギー源として取り込んでいる可能性もあるので、全員で胴体の中心部を狙うことを決める。

『あの触手が厄介ね。シュバイドの投擲までそらしたわよ？』

『攻撃を集中させられるか試す。そうでないなら、数で押したほうがいいだろう。触手を束にすれば我の投擲もそらせるようだからな』

先ほどの投擲で、シュバイドはスキルを使用していない。しかし、シュバイドの膂力と『凪月』

の性能を鑑みれば下手なスキルよりも強力な一撃だった。

そらした触手の束は大きくえぐれていたが、守護者の再生力ですぐにもとに戻っていたのも確認している。

手数で押して個別に対応させたほうが注意をそらす意味でもいいだろうと、自分に向かってきた触手を切り払いながらシュバイドは言う。

『シュバイドの案でいく。攻撃がシュバイドに集中するようなら、その隙を突いて俺、シュニー、フィルマで3方向から胴体中央の光ってる場所を狙う。ただ、胴体と同じように光ってる頭部も気になるから、ティエラとセティはそっちを狙ってみてくれ。シュバイドにヘイトが向かなかったらティエラとセティは手数の多い攻撃を頼む。状況を見て残りのメンバーで近接戦を仕掛ける。図体の大きさと触手以外は、赤き土塊の延長みたいな攻撃しかしてこないってのは瘴魔《デーモン》が憑依してるにしてはお行儀がよすぎるからな。各自、警戒は忘れるなよ！』

今のところ守護者の意識も、瘴魔《デーモン》の意識も感じない。隠し玉があると想定して動く。

攻撃に参加しないのはユズハとミルト。ユズハは引き続きもしものときの備えを、ミルトは今までの状況の変化も鑑みて、守護者の観察を行う。

とくに指示を出したわけではなかったが、ミルトは自然とそういう役割を担っていた。

ゲーム時代は初見の大型モンスター、とくに複数のパーティで協力して戦わなければならないレイドタイプのモンスターと戦うときに、情報収集に徹するプレイヤーを1人ないし2人ほど用意するのが鉄則だった。

パーティが壊滅しかかったときの保険という意味合いもあるが、次の戦闘を有利に進めるためというのが一番の理由だ。

【THE NEW GATE】ではよほどステータスに恵まれ、装備が充実していないかぎり、大抵のボスモンスター、とくにレイドタイプは初見討伐が難しかったのである。

シンはこちらに来てから逃げられない、もしくは逃げると問題が起こりそうな場面に遭遇することが多かったので、観察に人員は割いていなかった。ミルトが元プレイヤーだからというのもある。

「参る‼」

シュバイドが『大衝殻の大盾』を構えながら【修羅の狂奔】を発動させた。守護者の注意を引けるなら、シンたちは攻撃に専念できる。

『効果あり、本体も触手もシュバイドさんを狙ってるよ！』

守護者の観察に徹していたミルトが、スキルの効果がしっかりと発動していることを伝えてくる。水精霊と視界を共有するスキルによって、ミルトは肉眼では見えない位置も確認できる。

ミルトを観察役にしたのは、この能力が使えるからというのが大きい。

攻撃準備のために各自がばらばらの位置取りをしていたため、効果が出ているか各自で確認を取り合わないといけなかったが、これならばその必要もない。

『仕掛けるぞ！』

守護者から見て右前方にシン、左後方にフィルマ、右後方にシュニー。

それぞれ攻撃の軌道に他のメンバーを入れないよう注意しながら、スキルを発動する。

攻撃モーションは突き。スキルの発動と同時に、刀身を薄い緑色の光が覆う。

風に揺られる炎のようなそれは、一見頼りなくも見える。

しかし、目の良い者なら、その光が刀身に込められた大量の魔力が空中に漂う極めて薄い魔力と反応し合っている結果だとわかるだろう。

武器を突き出すタイミングこそ違えども、３人の動きは同じだった。

すさまじく速く、鋭い突き。刀身が風を切る音はなく、コマ落としのように姿がぶれた。

協力スキル【翔波凶差】。

刀術風術複合スキル【翔波】を、３人以上で同時に使用したときに発動する協力専用スキルだ。

防御貫通効果のある半透明の突きがモンスターの一点で交わり、その場に大規模な衝撃波を発生させる、所謂《いわゆる》内部破壊技である。

おまけとばかりに小規模な【翔波】も四方に飛ぶので、外殻の硬いモンスターやコアのようなピンポイントの弱点があるモンスターにはとても有効だった。

強力だが攻撃を当てる場所やタイミングがシビアなので、あまり実践で使われることがなかったスキルでもある。

３人の放った【翔波】は寸分《すんぶん》違わず守護者の胴体で交わり、秘められた威力を存分に発揮した。

ボコリと守護者の胴体が膨れ上がり、風船が割れるように弾ける。

頭部と腕は繋がる部分がなくなり宙に放り出され、胴体の下半分は何が起こったのかわからないというように微動だにしない。

『HP減少！　残り半分！』

ミルトの声が響く。

そこへダメ押しとばかりにセティの魔術とティエラの矢が頭部を貫いた。

先に届いたのは黒い閃光《せんこう》。セティの放った闇術系魔術スキル【ブラック・イーター】だ。

命中した部分を文字通り食らい尽くす暗黒の光が、頭部で最も強く光っていた部分をごっそりと削りとる。

さらにティエラの矢が青い閃光となって大穴の開いた頭部を消し飛ばしていく。こちらは弓術と光術の複合スキル【ライト・ミーティア】だ。

『それらしいところは全部吹き飛ばしたな。ミルト、残りHPは？』

『2割ってところ。これって、残ってるところ全部吹き飛ばさないとダメなのかな？』

地面に落ち変化のない腕や、下半身を見ながらミルトが言う。シンも確認するが、やはりHPはゼロになっていなかった。

自身を見ていたシュニーの視線に気づき、シンはうなずいた。

後顧《こうこ》の憂《うれ》いを断つべく残っていた部位に魔術を放つ。

シュニーは地面に落ちて形を失いつつある腕に、シンは上半身が弾けてから微動だにしていない下半身に。

シュニーの狙った腕は凍って砕けたあとには何も残らなかった。しかし、シンのほうは違った。下半身を狙った【ブルー・イロージョン】が、弾かれるように軌道を変えたのだ。

『なんだ？』

今までになかった現象に、シンは嫌な予感がした。魔力を込めて、より強力な魔術を放とうとするが、それよりも先に変化は起こった。

まるで水が乾いた地面に吸い取られるように、溶岩が地面の中へと消えていったのだ。

「何か見えたか？」

「一瞬だけど、名前が文字化けしてたよ」

地面の中にモンスターの反応はない。一旦全員が合流するとシンはミルトに確認した。

「そっちは何かわかるか？」

「私には何も。いえ、むしろナンバー43の気配が薄くなっています。完全に消えたわけではないようですが」

壁の上で待機させていたゲルゲンガーにも確認するが、こちらも似たような回答だった。守護者の気配が薄くなったというところが、シンは気になる。

「さて、どうし――」

どうしたものか。そうつぶやこうとして、何かに引っ張られるような感覚がシンを振り向かせる。

ユズハも同じように何か感じたようで、シンの肩に乗ってしきりに耳を動かしていた。

「なんだろ。この感じ」

「ミルトも感じるか？」

「シンさんも？　なんかこう、全身をゆるく引っ張られてるような、変な感じなんだけど」

「俺はもっと強く引っ張られてる感じだ」

他のメンバーに話を聞くが、とくに変化はないという。

シンは聖地カルキアで体験したことを思い出す。

あのときも引っ張られるような感覚があった。今回はあのときよりも弱いが、同じ聖地内のこと。

そして、ミルトだけが同じ感覚になっていることを考えると、やはりプレイヤーだけが引っ張られる感覚を覚えるということなのだろうと結論付けた。

ティエラも関係していそうなものだが、こちらはあくまで能力を引き継いだだけということなのだろう。

シンはかつて同じようなことがあったとミルトに伝え、用心するように言う。

「なるほど、そうなるとシンさんの体からでたっていう金色の光に期待するしかないのかな」

「あれもよくわからないんだよ。あのときは金色だったが、そのあとイシュカーとやったときは紫だったらしいんだよな」

自身はあまり記憶にないが、シュニーたちが言っていたのだから間違いはないとシンは断言する。

「あんまり期待はしないほうがよさそうだね」

「そういうことだ。さて、そろそろ休憩は終わりらしいぞ」

守護者の下半身が消えた地面の下に、モンスターの反応が現われた。シンたちが攻撃を始める前に、それは地面を突き破って姿を見せる。

土砂を巻き上げながら現れたのは、赤熱《せきねつ》した体を持つ人型モンスターだった。

全身が真っ赤なのは、体を構成しているものがすべて溶岩だからだろう。形こそ人に近いが、体の表面は流れる溶岩そのものだ。

肥大化し鉤爪状になった五指を持つ腕、同じく足の先に向かうほど太くなり先端には腕と同じく鋭い鉤爪がついた足がある。

背中にはへの字に近い突起物が左右2本ずつついている。腕よりも長いそれは羽のように見えなくもない。

顔は赤く燃える骸骨《がいこつ》といった風貌だ。ただし、目に該当する部分はひとつ。爪と目の部分だけが、流動する溶岩の中にあって明らかに異なる硬質な輝きを宿している。

――――【アングアイニ　レベル930　%$級瘴魔《デーモン》】

【分析《アナライズ》】が情報を開示する。その名前を見て、最初に声を出したのはミルトだ。

「あはは、おっかしーな。僕の知ってるアングアイニじゃないぞ」

「爵位はバグッてるし、レベルもおかしいよな」

爵位のところが文字化けしているのはシンもミルトも同じらしい。もちろん、驚いているのはそれが理由ではない。

炎の瘴魔《デーモン》アングアイニは【THE NEW GATE】では比較的知名度のあるモンスターだ。理由はとにかく頻繁《ひんぱん》に出現するからの一点につきる。

瘴魔《デーモン》としての爵位は最も低く、レベルもさして高くならない。瘴魔《デーモン》関連のイベントではほぼ毎回出現する。やられ役の雑魚《ざこ》キャラだ。

ある程度のレベルと装備が整えば、大抵のプレイヤーが倒せる存在。それがアングアイニなのである。他にも各属性に対応した、水のアングアイニや風のアングアイニなどもいる。

見た目も手足は短く全体的にまるっとした姿で、どちらかといえばマスコットキャラ的にデザインされていた。間違ってもレベル900台などいないし、シンたちの目の前にいるような、いかついデザインでもない。

「こちらが本命のようですね」

「さっきまでのは腕試しか、そうでなければ準備モードってところかしら？」

吹き付ける熱波に、シュニーたちも油断なく武器を構える。

「弱点がそのままなら、狙いは目だ。ただ、そうでない可能性もあるから注意しろ！　あとはどんな攻撃をしてくるかわからないから——」

最後まで言い切る前に、シンは直感に従って空高く飛び上がった。そこへ、灼熱の光線が突き刺さる。

地面を割って飛び出してきたアングアイニは宙に浮いたまま動きを止めていたが、シンが飛び上がる少し前に単眼がギョロリと動いてシンたちのほうを見ていたのだ。

自分が狙われている。そう直感したシンは、事前に装備していた盾の防御障壁を展開し光線を受け止めた。

斜めにして受けたそれは、防御障壁を削りながら逸れる。障壁は4割ほど削れていた。

『光線はなるべく逸らせ！　手持ちの障壁が半分近くもってかれた！』

シンの持っていた盾はシュバイドの持つ『大衝殻の大盾』ほどではないにしろ、十分強力な装備だった。

さっきまで――できる損ないの人型だったころとは、遠距離攻撃の速度も威力も桁違いだ。

シュバイドはシュニーたちの前に立って油断なく盾を構えている。

もし、シンを狙っていなかったとしてもシュバイドが防いでいただろう。それがわかったからこそ、シンは直感のままに飛び上がれたのだ。

「予備動作がありませんでしたね。あの速度と威力は危険です。ティエラとセティはシュバイドの後ろから攻撃を。私とフィルマはシンの援護に回ります」

シュニーが指示を出しながら駆ける。その間も、アングアイニの単眼はシンを見続けていた。

「もう少し遮蔽物があれば良いのに！」

「文句を言っても始まらんさ。やつの攻撃はすべて引き受ける。シンたちの援護は任せるぞ」

ぶつぶつ文句を言いながらも、セティの周囲に魔術が展開されていく。ティエラもカゲロウの背に乗ったまま弓を引き絞った。

その様子をちらりと確認しつつ、シンはアングアイニと対峙する。

飛び上がったあと落下している最中だが、単眼は一時も逸れない。まっすぐに見つめてくるその視線からははっきりとした敵意が伝わってくる。

ただ、単純な敵意だけではない。今までの瘴魔《デーモン》と違い、戦いそのものに対する歓喜のような感情がシンには伝わってきていた。

わずかに目を離した隙を突いてくるかとも思ったが、光線は飛んでこない。代わりに響いたのは咆哮だ。全身を戦慄《わなな》かせ、びりびりとした振動を感じるほどの巨大な咆哮。

ここからが本番とばかりに、鉤爪のついた腕を振り上げシンを睨んでくる。

「いくぞ」

このまま落ちればシュバイドたちを巻き込む。シンは【飛影】を使って空を駆け、アングアイニへと接近する。

セティたちの援護を待ってもよかったが、アングアイニの咆哮で展開していた魔術が半分近くキャンセルされたのが、視界に入っていないにもかかわらずなぜかわかった。

自分以外を見ようともしないアングアイニの注意を、わざわざ引く必要はないかもしれない。

そう思ったシンだが、それでもさきほどの光線を自分かシュバイド以外に撃たれるのは都合が悪いと一気に距離を詰めていく。

出迎えは振り上げられていた鉤爪による薙ぎ払い。巨体から繰り出されるそれは、爪1本でもシンの体より大きい。

レベルに違わぬ速度で繰り出される一撃。かわすこともできたそれを、シンはあえて受けた。

ギャリリという硬質な音とともに、シンの振るう刀が爪を切り裂いていく。しかし、シンがスキルで空中にとどまることができなければ、勢いに押されて吹き飛ばされていた。

刀身のうち、爪と直接触れている部分はシンの頭上にある。刀は上段に構えたような状態で爪と交差していた。

刀は確かに爪を切り裂いているが、熱したナイフでバターを切るようにとまではいかない。

シンの持つ刀は対火属性用に特化させた、水と氷の複合属性の『流刃凍華《りゅうじんとうか》』。名が体を表すように流れる水のような美しい刀身を持ち、その周囲を花弁のような氷の粒が舞っている涼やかな一品だ。

装備者への火属性ダメージを減少させ、攻撃した対象が火属性ならば追加ダメージを与えるといった、とにかく火属性に強くなる効果を持っている。

切れ味は対火属性に力を注いでいる分、古代級《エンシェント》の平均より多少劣るが、よほどの相手でなければば気にならないレベル。

ただ、今回は相手が火属性なのでむしろ切れ味は平均を上回る。

そんな武器を使用していてなおガツンと腕に抵抗を感じるあたり、アングアイニの爪の硬さが相当なものなのは間違いない。

『こっちからも仕掛けるわよ！』

『合わせます』

フィルマが左後方から、シュニーが右後方から武器を振った。

フィルマの『紅月』の刀身を、不規則に揺らめく半透明の青い光が覆っている。剣が一回り大きくなったように見えるそれは、剣術と水術の複合スキル【ラグーン・エッジ】だ。

切りつけた場所に継続的な水属性ダメージを与え、相手が高温のモンスターなら温度を下げて動きを鈍らせる効果がある。

青い斬撃に合わせてシュニーから放たれるのは、半月状の氷の刃【弧白氷】。こちらも当たった箇所を凍らせる効果のあるスキルだ。

アングアイニの視線はシンに向けられたまま。このまま命中するかと思われたそれは、空を裂いて飛来した何かに弾かれる。

『目がひとつしかないくせに狙いは正確ね』

『やはり、ただの飾りではないということですか』

2人のスキルを弾き返したのはアングアイニの背から生えている突起物だ。

皮膜でもついていれば翼にも見えただろうそれは、アングアイニの半身以上の長さを持っている。それが別々に動いて2人のスキルに伸びたのだ。

突起といっても、その形状は反りのある両刃の剣といったところ。刃翼ともいえるそれは、プレイヤーやサポートキャラクターの体格では、一撃で真っ二つにされそうな迫力があった。

左右に2本ずつ生えたそれは、そのままシュニーとフィルマの攻撃に対応していた。

【ラグーン・エッジ】を受けたほうは、激突したところが半分近く切り裂かれ黒く変色している。スキルの効果で温度が下がっているのだろう。【弧白氷】を受けたほうは全体の3分の1ほどが白く凍りつき、動きが鈍っている。

次で斬れる。

次で砕ける。

そう考えた2人の目の前で、刃翼に変化が起こった。

変色していたところが瞬時に元通りになり、凍り付いていた部分がかさぶたでも剥がすようにぽろぽろと落ちていく。元通りになるまでにかかったのはわずか数秒だ。

『ミルトさん、何か見えましたか？』

『前と同じで、攻撃が当たった場所の温度が一気に上がったよ。あと、わかってると思うけど、今度は温度が下がってない。たぶんだけど、攻撃を受けるたびに温度が上がってる！』

再生した刃翼は真っ赤というよりは黄色に近い色になっている。近距離で斬りあっているシンだけでなく、一旦距離をとったシュニーたちにまで熱波が伝わっていた。

セティたちには、ミルトが相棒の精霊に頼んで耐熱効果のある加護を一時的に付与されているようだ。シンの手製の装備のおかげで熱の影響はまだないが、念には念を入れている。

『2人は背後から継続して攻撃を仕掛けてくれ。その刃翼まで攻撃してくるとこっちもやりづらい』

4本の刃翼はまるで鞭のようにシュニーたちの攻撃を弾き、防ぐ。やろうと思えばシンへの攻撃にも使えるはずだ。引き付けてくれているだけで違うと、シンは2人に頼んだ。

『そろそろいけるか?』

『もちろん。今度はキャンセルなんてさせないわ! 当たらないでよ!』

シンがアングアイニの左手の爪を切り飛ばし、右手を回し蹴りで弾き飛ばしたところで、セティの声が響く。半端な攻撃ではダメだと、咆哮でキャンセルされた魔術を再展開していたのだ。

当たるなと言っているが、使用する魔術はモンスターのいる場所にピンポイントで発生するので、近づいていなければ巻き込まれることはない。

事前に何を発動させるか聞いていたシンたちは、このときすでに十分な距離をとっていた。

アングアイニの足元から、青と白のエフェクトが螺旋を描きながら天に昇っていく。

その効果範囲から脱しようとアングアイニが動くが、発動時点で魔術の効果が発揮され始めることもあり、鎖で全身を雁字搦《がんじがら》めにされたようなぎこちない動きしかできていない。

水術系魔術スキル【ヒオノシエラ】。

天に向かって上る光に導かれるように発生した冷気の帯も、また螺旋を描く。冷気の帯はアングアイニの全身に巻きつきながらその身を凍らせようと宙を舞った。

温度を上げつつあったアングアイニの体が、白に近いほどに徐々に冷えていく。しかし、アングアイニもレベル900超えのモンスター。温度低下に抵抗して、全身をより高温にしようと全身を活性化させてくる。

「こんのお！　おとなしくしろぉぉおおおお‼」

『宵月』の先端をアングアイニに向けながら、セティが叫ぶ。

魔術の効果が切れて消滅する前に、MPを追加投与して効果を持続させているのだ。

守護者の力を取り込んだ瘴魔《デーモン》の魔術抵抗力はセティの想定以上で、単発の【ヒオノシエラ】では動きを鈍らせるのがせいぜいだと手応えで理解していた。

「少しでも援護を……」

叫ぶセティの隣で、ティエラが連続で矢を放つ。

カゲロウの力も借りて放たれる矢は、【ヒオノシエラ】でとくに深く凍った部分を正確に射ていく。

貫通こそしないが、凍りついた部分はひび割れ、ボロボロと崩れていく。

動きが鈍ったとはいえ手足の動きは不規則で、その上どの部位が深く凍りつくかはシンたちでも予測できない。

それを、ティエラは恐ろしいほどの正確さで射ていた。もはや勘が良いというレベルの話ではない。

シンだけを見ていた単眼がセティたちに向けられる。全身が凍りついているわけではなく、胴体部分で凍っているのは表面に近い部分だけだ。

肉体の損傷も、熱を保持したままの溶岩を用いて修復している。だが、少しずつとはいえ肉体を形成している溶岩が削られていくのだ。

さしものアングアイニも、シンだけに注意を向け続けるわけにはいかなかったのだろう。

単眼が光る。

ほとんど間をおかずに、最初にシンを狙った光線がセティとティエラをまとめて消し去るべく放たれた。

「させぬ！」

掛け声とともに、光線をさえぎるのはシュバイドとその手に握られた『大衝殻の大盾』だ。

シンの持っていた盾の防御障壁を大きく削った威力はシュバイドも承知済み。効果範囲を狭めて強度を増した防御障壁の前に、光線は軌道を変えて四方に散った。

「援護感謝する」

「観察に徹してるとはいえ、このくらいはしないとね」

「くぅ！」

光線自体はシュバイドが防ぎ、熱はミルトと水精霊が加護の重ねがけで防いでいる。さらに、シュバイドの防御力をユズハが底上げしたことで、微塵も揺らぐことがなかったのだ。

シュバイドが防ぎきると信じていたセティとティエラは、その間も攻撃の手を休めない。

『あと10秒！』

『十分だ。仕掛けるぞ！』

セティからの心話で、攻撃の機会を窺っていたシンたちは武器を握り直した。

【ヒオノシエラ】と強化された矢によるピンポイント狙撃で、アングアイニの動きは大きく鈍っている。

このままなら肉体を削りきれるのではと思えるほどの勢いだが、いくらセティでも延々と、それも最上級クラスのスキルを撃ち続けることはできない。いずれその勢いは衰える。

ゆえに、効果が最大限発揮されている状態で与えられるだけダメージを与え、タイミングを合わせて魔術を切り、入れ替わるようにシンたちが近接戦を仕掛けるのだ。

狙いは光線の発生源にもなっている単眼。ミルトの観測でも、そこが一番温度が高い。

セティのカウントにあわせて体勢を低くしながら、シンは『流刃凍華』を右の腰だめに構える。

繰り出す前にためがいる大技だ。自分だけではない。シュニーとフィルマも、力をためているのがシンにはわかった。

『終わり！』

セティの声が合図となる。

引き絞った弓を放つように、シンはその場で『流刃凍華』を振り上げた。

同じタイミングで、シュニーは『蒼月《そうげつ》』を左から振り上げ、フィルマは『紅月』を上段からまっすぐに振り下ろす。

出し惜しみはしない。繰り出す技は、すべて至伝。

先手はシン。

刀術系武芸スキル【至伝・空弧月《からこげつ》】。

振り上げた『流刃凍華』の切っ先がアングアイニの左脇から胸、喉そして単眼をなぞる。

シンの立つ位置からでは決して届かない一振り。なぞったのは、シンの視界の中でのこと。しかし一拍置いて、アングアイニの体に『流刃凍華』の軌跡と同じ、斜めの線が入る。

繰り出されたのは、目に映るものにならどこへでも斬撃を届かせる不可視の一閃。

目に映りさえしなければ届かず、極端な話、身を隠せる紙が1枚あるだけで防げる。鎧は切り裂かれても中の身は切り裂けない、そんな一撃。

だが、アングアイニの巨体では身を隠すのは至難の業《わざ》。体を覆うものはなにもない。

予備動作から察しなければかわせないと言われた一閃は、狙い違わずアングアイニを切り裂いた。

続くはシュニー。

刀術水術複合スキル【至伝・白羅神威《はくらかむい》】。

届くはずがない位置からの攻撃に動揺するアングアイニの後方から、追撃が迫る。

弧を描く白と青の鮮やかな斬撃がまっすぐに飛ぶ。

まだ動きの止まっていなかった刃翼がしなり、弧を描く斬撃を横から打ち据えた。

しかし、刃翼は斬撃に触れることなく空を裂く。青と白の斬撃はそのまま直進し、動きの鈍いアングアイニの頭部すら透過した。

物理防御をすり抜け、時間差で内部から凍らせる幻の如き斬撃。

アングアイニは何をされたのか理解できたかどうか。シンによって斬り裂かれた単眼の裂け目から、氷の花が咲いた。

締めはフィルマ。

剣術水術複合スキル【至伝・レア・スパール】。

先行したふたつの斬撃にわずかに遅れて、赤い刀身を覆いつつ空高く伸びた純白の刀身が一直線に頭部を両断せんと迫る。

こちらは刃翼がすり抜けることはなかったが、やはり軌道は変わっていない。横から打ち据えてきた刃翼にびくともしなかったのだ。

すり抜けることはないとわかったからか、空振りに終わったもう一方の刃翼とともにもう一度、今度は受け止めるように動くが、それも効果はない。

巨大な刀身による一撃はスキル発動と同時に軌道が固定され、振り下ろすまで変えることができない。来るとわかっていればかわせる。そんな一撃だ。

しかし、そのデメリットを代価に、攻撃が終わるまで動作がキャンセルされないというメリットを持つ。

例外はあるが、条件さえそろっていれば相手が天を突くような巨人だろうと、海を呑むような怪魚だろうとその刀身は止められない。刃翼による攻撃を受けても、振り下ろされる勢いは微塵も衰えることはない。

「お見事！」

シンとシュニーの虚《きょ》をつく攻撃からの、フィルマの一撃。純白の刀身がアングアイニの頭部を両断し、そのまま胴体の半ばまで切り裂いたのを見て、ミルトが声を上げた。

シンの【空弧月】がつけた傷から噴き出すように咲いた【白羅神威】による氷は、攻撃命中当初、傷口周辺こそ凍らせていたが、頭部そのものは熱を持ったままだった。

しかし、【レア・スパール】の白い刀身によって真っ二つにされた頭部はすでに熱を失い、全身が黒々とした岩の塊になっている。

名前が守護者だったときと違い、肉体から剥離《はくり》した部分も消滅していなかった。

「やったのかしら」

「おっとティエラちゃん、それはフラグ」

「え？　ふら、ぐ？」

ティエラのつぶやきにミルトがつっこむ。プレイヤーや一部のサポートキャラクターにしかわからない内容に、ティエラは困惑していた。

「でも、HPは0なんだよね」

「ええと、それなら大丈夫なんじゃ……？」

やったと思ったら復活する。それは物語ではよくある展開だ。そして、【THE NEW GATE】でも決してない話ではない。

フィルマの【レア・スパール】が効果を失い、白い刀身が消える。すると、それを待っていたように、アングアイニの体はボロボロと崩れてしまった。

残ったのは、冷えて固まった溶岩の山にしか見えない。

『復活する様子は、ないな』

『こちらからも、そういった動きは感じられません』

『くぅ、復活はしないと思う』

第1、第2形態といった風に変化した相手なので警戒していたが、しばらく様子を見ても復活する気配がないことを確認する。念のため、シンは離れた位置にいるシュニーやミルト、瘴気に敏感なティエラにも確認を取った。

間違いなく死んでいる。そう思いつつも、シンは警戒を解かずにアングアイニの残骸に近づいていく。

何も起こらないことを念入りに確認し大丈夫だろうと確信を持ってから、外壁の上で戦闘を見守っていたゲルゲンガーを、コアがないか確認してもらうために呼んだ。

「反応はあるか？」

「いえ、まったく。かすかに残っていた気配もナンバー43が姿を変えたあたりで消えていましたので」

アングアイニの姿になった時点で、覚悟はしていたという。

「ん？　なんだこの感じ」

シンは視線を上に向ける。見上げる先はアングアイニの残骸、その頂上。シンの感知能力がそこに何かあると訴えていた。

瘴魔《デーモン》の置き土産でもあったらたまらないので、ゲルゲンガーをその場に待たせ、シンは残骸を上る。上った先には黒く刺々《とげとげ》しい、残骸とはまるで違うものが鎮座していた。

「これ、キメラダイトか？　……嘘だろ、これ全部天然ものか！」

残骸の頂上でシンを待っていたのは、最高の金属として知らぬ者はいないとまで言われたキメラダイト。それも、シンのような鍛冶師によって作られた人工物ではない。

古代級《エンシェント》の武具や『界の雫』よりもさらに希少。

イベント限定アイテムを除けば【THE NEW GATE】史上、最も手に入りにくいアイテムであり、あまりに出なさ過ぎて、多くのプレイヤーにくたばれ運営と言わしめた魔法金属だった。

「ゲームだったころなら、転げまわって喜んでただろうけど……でもなぁ」

アラハバキはレア鉱物をドロップするモンスターだったので、わからなくもない。

この世界で貴重なことも変わりはない。

ただ、得られるならもっとこの世界の根幹に関わるような、そんなアイテムか情報が欲しかったと思わずにはいられなかった。

「ま、もらっておいて損はないか。情報はイレブンから、いや、オリジンの半身から聞けばいい」

今のところ、最も情報を持っていそうな相手だ。

ただ、アイテムを回収しながらシンは思った。どうか、ここと同じようなことにはなってくれるなと。

s t a t u s ステータス紹介

THE NEW GATE

名前：ゲルゲンガー・イヴル

種族：スライム

等級：なし

●ステータス

LV：	876
HP：	9978
MP：	3654
STR：	893
VIT：	776
DEX：	913
AGI：	243
INT：	460
LUC：	31

●戦闘用装備

なし

●称号

- 形なきもの
- 千の顔を持つもの
- 大食い

●スキル

- 千ナル刃
- 千ナル盾
- 捕食
- 吸収
- 擬態

etc

その他

- 特殊個体
- 守護者の配下

※ボーナス上昇値　微＜弱＜中＜強＜特

名前：ウォードッグ

種族：ウルフ

等級：なし

●ステータス

LV：	739
HP：	9878
MP：	4870
STR：	749
VIT：	576
DEX：	655
AGI：	781
INT：	412
LUC：	34

●戦闘用装備

なし

●称号

●統率者
●追跡者
●踏破者

●スキル

●ブラスト・ハウル
●獣魂一体
●フレア・チャージ
●ウォー・ファング
●シャドー・クロー
etc

その他

●守護者の配下

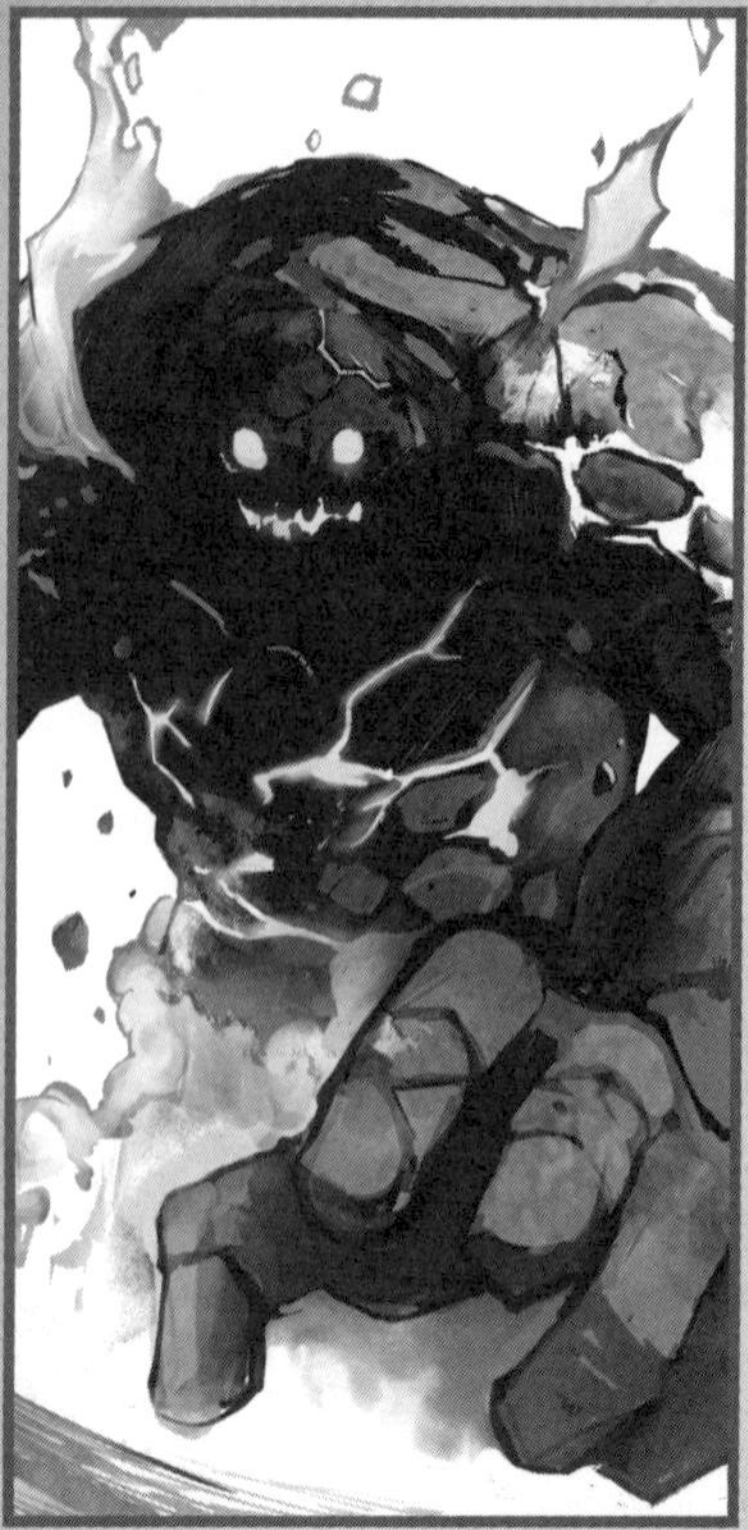

名前：赤き土塊

種族：ゴーレム

等級：なし

●ステータス

LV：	373
HP：	5033
MP：	1021
STR：	403
VIT：	374
DEX：	310
AGI：	132
INT：	95
LUC：	0

●戦闘用装備

なし

●称号

●赤き端末
●溶岩体

●スキル

●溶岩放出

その他

●量産個体

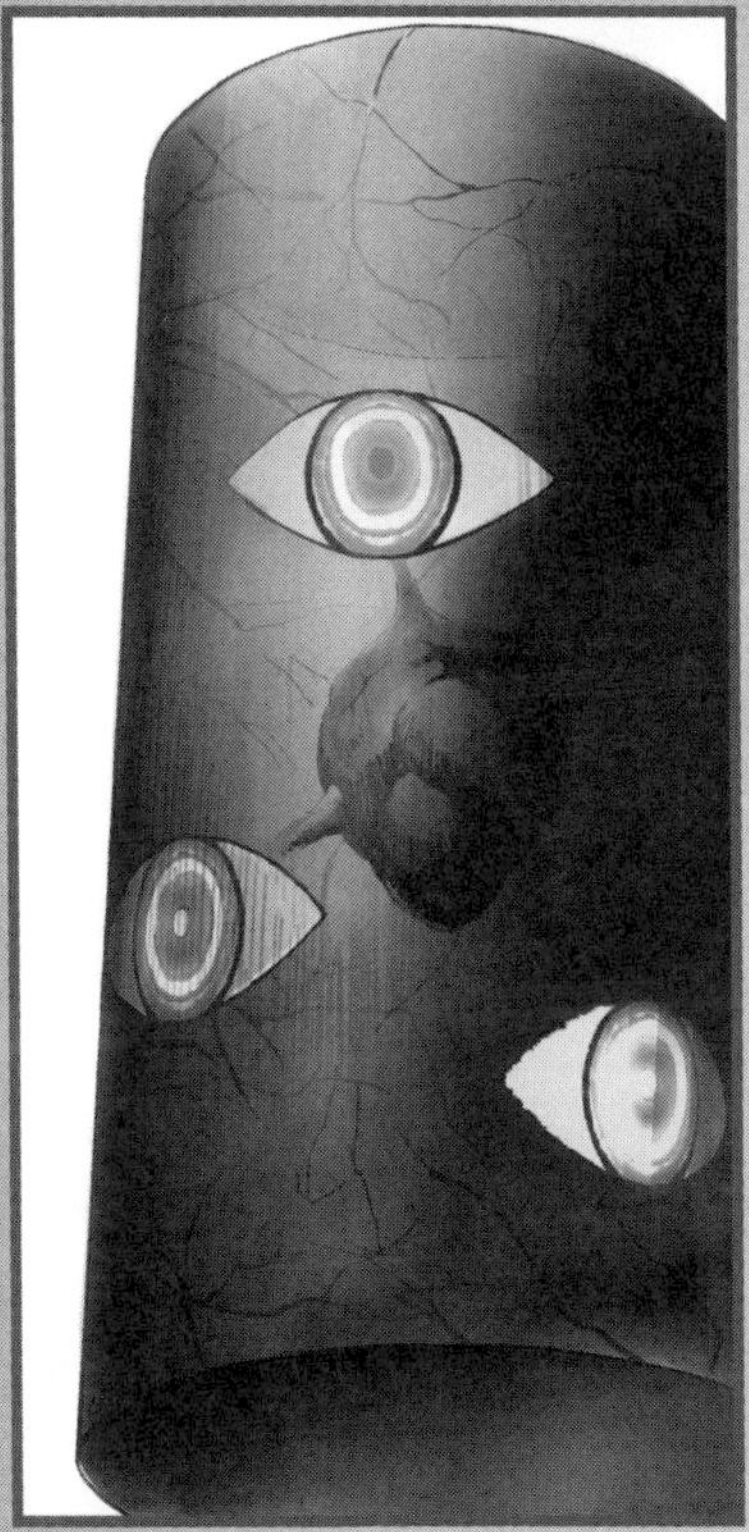

名前：赤き核柱

種族：ゴーレム

等級：なし

●ステータス

LV：	700
HP：	7340
MP：	3574
STR：	348
VIT：	841
DEX：	467
AGI：	0
INT：	283
LUC：	21

●戦闘用装備

なし。

●称号

- 赤き端末
- 凝縮体

●スキル

- 高温熱線
- 防御障壁
- 土塊生産

その他

- 量産個体

名前：アングアイニ

種族：瘴魔《デーモン》

等級：子爵《ヴァイカウント》

●ステータス

LV：	930
HP：	?????
MP：	?????
STR：	867
VIT：	889
DEX：	735
AGI：	469
INT：	378
LUC：	0

●戦闘用装備

なし

●称号

- 下級瘴魔
- 上限突破
- 頂に挑むもの
- 炎の化身

●スキル

- 灼熱ノ刃翼
- 灼熱ノ鋼爪
- 灼熱ノ破光
- 熱核再生
- 体熱上昇

etc

その他

- コア吸収体
- 変異個体

デスゲームの覇者が異世界強制トリップ!!
漫画：三輪ヨシユキ Yoshiyuki Miwa
原作：風波しのぎ Shinogi Kazanami
THE NEW GATE
ザ・ニュー・ゲート
1~10
大好評発売中!
シリーズ累計160万部!(電子含む)
絶対覇者の新たなる無双伝説開幕!!
デスゲームと化したVRMMORPG【THE NEW GATE】は、最強プレイヤー・シンの活躍により解放のときを迎えようとしていた。しかし、最後のボスを倒した直後、突如最奥の扉《ゲート》が開き未知の光を浴びたシンは意識を失ってしまう——そして再び目覚めたとき、そこには本物の【THE NEW GATE】の世界が広がっていた……!!
◉B6判 ◉各定価:本体680円+税
原作：風波しのぎ
漫画：三輪ヨシユキ
THE NEW GATE
ザ・ニュー・ゲート
10
教会を襲撃する謎の「上級選定者」——
絶体絶命の窮地から友を救え!
シリーズ累計160万部!!(電子含む)
ゲーム世界で無双バトルファンタジー!
アルファポリス
Webにて好評連載中!
アルファポリス 漫画
検索

この作品に対する皆様のご意見・ご感想をお待ちしております。

おハガキ・お手紙は以下の宛先にお送りください。

【宛先】

〒150-6008東京都渋谷区恵比寿4-20-3恵比寿ガーデンプレイスタワー8F
（株）アルファポリス　書籍感想係

メールフォームでのご意見・ご感想は右のＱＲコードから、
あるいは以下のワードで検索をかけてください。

アルファポリス　書籍の感想　検索

ご感想はこちらから

本書はWebサイト「アルファポリス」（https://www.alphapolis.co.jp/）に投稿されたものを、改稿、加筆のうえ書籍化したものです。

THE NEW GATE《ザ　ニュー　ゲート》　18. 聖地攻略戦《せいちこうりゃくせん》

風波《かざなみ》しのぎ　著

2021年3月6日初版発行

編集ー宮本剛
編集長ー太田鉄平
発行者ー梶本雄介
発行所ー株式会社アルファポリス
〒150-6008東京都渋谷区恵比寿4-20-3恵比寿ガーデンプレイスタワー8F
TEL 03-6277-1601（営業）03-6277-1602（編集）
URL https://www.alphapolis.co.jp/
発売元ー株式会社星雲社（共同出版社・流通責任出版社）
〒112-0005東京都文京区水道1-3-30
TEL 03-3868-3275
イラストー晩杯あきら
URL https://www.pixiv.net/member.php?id=27452
地図イラストーサワダサワコ
デザインーansyyqdesign
印刷ー中央精版印刷株式会社

価格はカバーに表示されてあります。

落丁乱丁の場合はアルファポリスまでご連絡ください。

送料は小社負担でお取り替えします。


ISBN978-4-434-28551-6 C0093